CAFÉ CANTANTE

TEATRO

ANTONIO GALA

CAFÉ CANTANTE

Prólogo
Andrés Peláez Martín

COLECCIÓN AUSTRAL

Diseño de cubierta: Tasmanias

Depósito legal: M. 25.773—1997

ISBN 84—239—7409—X

Impreso en España/Printed in Spain
Impresión: UNIGRAF, S. L.

ESPASA

Editorial Espasa Calpe, S. A.
Carretera de Irún, km 12,200. 28049 Madrid

ÍNDICE

CAFÉ CANTANTE

PRÓLOGO

EL «TRONÍO» DE ANTONIO GALA

> Yo he escrito siempre la misma obra, con los mismos ingredientes: un escenario oprimido, extrañamente oscuro, alguien que ha perdido la libertad, un factor desencadenante y las situaciones que a continuación se producen.
>
> (ANTONIO GALA)

Desde que en 1963 recibiera el Premio Calderón de la Barca por *Los verdes campos del Edén* Antonio Gala no ha abandonado el teatro que, salvo dos «aparcamientos» entre 1967 y 1972 y de 1975 a 1980, ha sido el eje principal de su vocación y oficio de escritor.

Sus diecinueve obras estrenadas han sido auténticos acontecimientos en la vida teatral española. Todas han recibido el aplauso unánime del público, han sido alabadas o denostadas por la crítica y muchas de ellas sufrieron los embates de la censura.

Junto a *Los verdes campos del Edén* (1963) títulos como *El sol en el hormiguero* (1966), *Noviembre y un poco de yerba* (1967), *Los buenos días perdidos* (1972), *Anillos para una dama* (1973), *Las cítaras colgadas de los árboles* (1974), *Petra Regalada* (1980), *La vieja señorita del Paraíso* (1980), *El Hotelito* (1985), *Carmen, Carmen* (1988), *La Truhana* (1992) y *Los bellos durmientes* (1994) pueden calificarse como de grandes momentos, no sólo de su producción dramática, sino de toda la cartelera teatral en España.

Siguiendo en el ámbito del teatro, Antonio Gala ha realizado también una serie importante de adaptaciones de obras teatrales de famosos autores extranjeros o recopilaciones y selección de textos de autores clásicos: *El zapato de raso*, de Paul Claudel (1965); *Tríptico de Juan del Enzina* (1968); *Un delicado equilibrio*, de Edward Albee (1969); *Retablo de Santa Teresa* (1970); *Canta, gallo acorralado* (1973) de Sean O'Casey, *Cantar del Santiago Paratodos* (1974).

Para televisión ha adaptado algunos de los títulos más importantes de Shakespeare, *El rey Lear, Romeo y Julieta, Hamlet, Otelo* y *Ricardo III*. También *Las Troyanas,* de Eurípides, y *El burgués gentilhombre,* de Molière.

Pero al igual que los grandes creadores Antonio Gala ha navegado con intensidad por otros géneros literarios con absoluta autoridad: poesía, artículos periodísticos, guiones cinematográficos y de televisión, el ensayo y la novela.

En el caso de la poesía, Gala ha sido, hasta ahora, muy reticente a su publicación, que sólo había autorizado en pequeñas y cortas ediciones que han visto la luz: *Enemigo íntimo* (1960), *La deshora* (1965), *Meditación en Queronea* (1965), *11 Sonetos de la Zubia* (1981), *Testamento Andaluz* (1985), *27 Sonetos de la Zubia* (1987). Convencido por tres editoriales, en 1997 publica sus *Poemas de amor,* que, a las pocas semanas de su edición, se convierte en el libro más vendido en la Feria del Libro de este mismo año.

En 1990 obtiene el premio Planeta por su novela *El manuscrito carmesí,* que junto a la edición de su segunda narración, *La pasión turca* (1993), son los libros más vendidos en estos años. Este primer puesto es ocupado de inmediato con su siguiente novela, *Más allá del jardín* (1995). Fenómeno que se repetirá nuevamente con la edición en 1996 de *La regla de tres.*

Su notable popularidad arranca de sus colaboraciones para Televisión Española, sobre todo con las series *Si las piedras hablaran* y *Paisaje con figuras,* que él mismo presentaba, seduciendo con *el don de su palabra* a todos cuantos seguían sus capítulos.

Popularidad que se ha mantenido inquebrantable con la edición de sus artículos periodísticos que posteriormente fueron editados: *Texto y pretexto* (1976), para *Sábado Gráfico; Charlas con Troylo* (1981), *En propia mano* (1983), *Cuaderno de la dama de Otoño* (1985), *Dedicado a Tobías* (1988), *La soledad sonora* (1991), *Carta a los herederos* (1995), todos ellos para *El País,* y *Proas y Troneras* (1993), para *El Independiente* y *El Mundo.* Actualmente colabora en el diario *El Mundo* con las *Troneras,* de aparición diaria, y en *El País* con la serie dominical *La casa sosegada.*

En definitiva, Antonio Gala —como señala Carmen Castañón en su edición de *El águila bicéfala*— con su escritura nos ha venido diciendo siempre lo mismo, pero siempre contándonos algo diferente por caminos y soportes distintos. Su éxito ha radicado en haber sabido dirigirse, como él ha querido, a la gran mayoría. Y su gran popularidad ha levantado algunos recelos de la crítica, acusado siempre de que la belleza literaria de sus palabras debilita la construcción dramática de la obra, al tiempo que, y por contra, se viene produciendo un acercamiento mayor desde sectores universitarios más pendientes cada día de su literatura. Basta señalar como ejemplos el curso programado por la Universidad Complutense «Gala sobre Gala», para los cursos de verano en El Escorial, en 1992, y, en este mismo año, otro dirigido por el profesor José Romera Castillo, «El teatro español actual. El teatro de Antonio Gala», para los cursos de verano de la UNED en Denia.

Enmarcado en la, dudosamente llamada, *generación realista* del teatro español que iniciara con *Historia de una escalera* Antonio Buero Vallejo, seguido inmediatamente por Alfonso Sastre, José Martín Recuerda, José M.ª Rodríguez Méndez y el ya desaparecido Lauro Olmo, Gala se separa casi de inmediato del grupo al que se sentía unido más por una serie de sentimientos de carácter ético, de frente común, que de postulados estéticos, como él mismo ha afirmado en repetidas ocasiones.

La captación de la realidad más inmediata, una actitud crítica frente a esa misma realidad y el entendimiento de que el teatro es, sobre todo, una participación que el autor señala advirtiendo «que [el teatro] no está sólo en manos de quienes lo escriben, sino de la sociedad entera y de sus rectores: ese es su riesgo», son los elementos básicos de toda su escritura dramática. Y a estos elementos hay que sumar el obsesivo tratamiento de los temas que más preocupan al hombre, dibujados de manera genérica por el autor: el amor, ante todo, el transcurrir del tiempo, la libertad y la esperanza contra la incertidumbre, que son materia dominante en toda su obra, siempre tratados como dicotomías por sus personajes: amor-desamor, esperanza-desesperanza, muerte-vida. Temas que aparecen, imperiosos, como decimos, desde su primer libro *Enemigo íntimo*.

Desde el estreno de *Los verdes campos del Edén* en el teatro María Guerrero, el 20 de diciembre de

1963, dirigida por Jose Luis Alonso en única apuesta de este director por un autor joven a lo largo de sus más de catorce años al frente de un teatro nacional, Gala ha contado para todos sus estrenos con los más importantes directores de escena del momento, con los más brillantes actores y los escenógrafos y figurinistas más sobresalientes.

Alonso, que le dirigió, además de la ya citada, *El sol en el hormiguero* (1966), *Los buenos días perdidos* (1972), *Anillos para una dama* (1973) y *Las cítaras colgadas de los árboles* (1974), encontraba el mayor atractivo del teatro de Gala en la anarquía de su escritura, que a él le parecía sin embargo su mayor virtud, y en el brillante apoyo que siempre daba al texto frente a otros aspectos más o menos «teatrales». Gala sintetizó en la «tronera» del día 9 de octubre de 1990, dedicada al director a raíz de su muerte, su sentir y su deuda: «... fue mi mejor maestro: sin él no habría escrito más que una comedia: *Los verdes campos del Edén*. Me dirigió después media docena más, con pulso y con grandeza y alegría».

Entre otros importantes directores habidos en su teatro están Enrique Diosdado (*Noviembre y un poco de yerba,* 1967), Mario Camus *(¿Por qué corres, Ulises?,* 1975), Manuel Collado *(Petra Regalada,* 1980; *La vieja señorita del Paraíso,* 1980; *El cementerio de los pájaros,* 1982; *Séneca o el beneficio de la duda,* 1987), María Ruiz *(Samarkanda,* 1985), Gustavo Pérez Puig y Mara Recatero *(El Hotelito,*

1985), José Carlos Plaza *(Carmen, Carmen,* 1988), Miguel Narros *(La Truhana,* 1992; *Los bellos durmientes,* 1994) y, en tanto redactamos estas líneas, Joaquín Vida comienza los preparativos para llevar a cabo el estreno de CAFÉ CANTANTE (1996).

Si el listado de directores de escena es importante, el de las primerísimas actrices y actores es absolutamente abrumador. Amelia de la Torre, María Fernanda D'Ocón, María Carrillo, Amparo Baró, María Asquerino, Julia e Irene Gutiérrez Caba, Concha Velasco, Amparo Rivelles, María Luisa Merlo o Amparo Larrañaga, entre otras muchas, han llevado a cabo con éxitos abrumadores los grandes personajes femeninos de su teatro. Y lo mismo podemos afirmar de los personajes masculinos, compuestos por un plantel de primeros actores: Jose Bódalo, Narciso Ibáñez Menta, Carlos Ballesteros, Enrique Diosdado, Manuel Galiana, Daniel Dicenta, Alberto Closas, Jose Luis Pellicena y Juan Ribó, por citar sólo unos pocos.

Pablo Gago, Wolfgang Burmann, Vicente Vela, Francisco Nieva, Manuel Mampaso, Gerardo Vera, Miguel Narros y Andrea D'Odorico han traducido sabiamente los espacios dramáticos diseñados por el autor. Espacios inventados, singulares, irreales, donde se mimetizan, la mayor parte de las veces, ámbitos contrarios, chirriantes y de parábola: casa/cementerio, sacristía/prostíbulo, salón-biblioteca/panteón o café/obrador de flores y todos ellos resueltos —bastaría un leve recorrido por la crítica especializada— de manera eficaz y evocadora.

* * *

En el verano de 1996, en apenas dos meses, Antonio Gala compone su, hasta ahora, última comedia, CAFÉ CANTANTE, que lee a un grupo reducido de amigos en los primeros días de octubre. La obra, pensada en un primer momento para dos actrices, llega, por una serie de acontecimientos, a otras dos, enriqueciéndose por ello, sin duda alguna, de otros matices los dos únicos personajes de la obra: «María, *la Talismana*» y «Yeni».

La obra transcurre en un viejo y abandonado café cantante, «El Tronío», medio convertido ahora en vivienda de su vieja dueña María, apodada *La Talismana,* autorrecluida entre sus viejas paredes. Hasta allí llega una joven veinteañera, Yeni, que actuará de desencadenante de cuanto ocurra a partir de este momento. Hay un tercer personaje, Sebastián, fundamental para el desarrollo de la comedia, pero que no tiene presencia física en el escenario.

Nuevamente Gala ha querido que la acción transcurra en un espacio inusual. Un espacio que se irá transformando a lo largo de toda la obra, como si de un personaje más se tratara, al que visten y desvisten según va desarrollándose la acción. Por tanto, como en *Los buenos días perdidos*, en *Petra Regalada* o

El cementerio de los pájaros, y, sobre todo, en *La vieja señorita del Paraíso*, la situación no transcurre en un espacio cargado de elementos escenográficos de carácter más o menos simbólico, sino que este espacio, como decimos, se convierte en un personaje que evoluciona, palpita y es determinante de toda la acción del drama: «el escenario va cambiando... se ordena, se clarifica, se limpia, se desnuda...».

Califica el autor su obra, en palabras previas al texto, «como una comedia rabiosamente española». No podía por tanto elegir para ella mejor espacio dramático que el que ofrece un viejo café cantante, convertido por su única sobreviviente en su casi vivienda, casi panteón y medio «camerino laberíntico», iluminado de luces agrias y mortecinas. Es un viejo café cantante de fin de siglo. No quedan lejos las luces valleinclanescas que, al decir de Gala, iluminan una España pesada y pasada. La descripción del viejo café El Tronío, nombre de este café cantante, es casi literal a viejos daguerrotipos del Burrero, donde cantaba Fosforito, o del Silverio, donde lo hacía Chacón: salón grande, decorado de azulejos «de suelo a techo», espejos y viejos carteles de toros, en el que, además de sillas y mesas destinadas al público, se levantaba el tablao para el cuadro flamenco. A los lados, las mejores mesas para los más pudientes. Y en los laterales y en el piso superior, cuartos reservados para las juergas. Lugar para la concurrencia de golfos y borrachos, de maleantes y gentuza, del peor señoritismo que, muy por el contrario de lo que se afirmaba, no se encanallaba por los artistas del café, sino que ellos encanallaban a esos hombres y mujeres del flamenco. «¿No ves que yo estoy acostumbrada a tratar con borrachos y con señoritos...? Toda la crápula, toda la escoria que se aburre... Una mezcla de horteras, de ricos averiados, de machos cabríos, de ladrones... y de tarambanas de buena familia», dice la dueña del café cantante.

Dos únicos personajes femeninos desarrollan toda la trama en este «café». Dos mujeres que se encuentran, bien de manera casual o destinadas a ello, esto importa menos, y se hablan de amor, de odio, de desamor, de libertad, del pasar del tiempo... de esperanza. Parece como si el autor no hubiera podido contener, al menos en el personaje de María, su incontinencia verbal. La deja; las deja, desencabritadas a un galope de sentimientos que se aúnan desde el pasado y se dirigen a un futuro imprevisible. «Nada es lo que parece, y lo que parece tampoco parece cierto», ha repetido muchas veces Gala de esta comedia: «un juego de esgrima». Tal vez. He presentido muchas veces durante su lectura encontrarme ante la secuencia final de *Solo ante el peligro:* se miran, se observan en cada movimiento, en cada pliegue que el enrarecido aire entre ambas contendientes mueve. ¿Quién disparará antes?, ¿quién recibirá la certera bala?, y como en el duelo de los dos hombres de la película, son, desde lejos, observadas por una sombra amenazante.

No es sorprendente la importancia que la mujer tiene en toda la obra de Gala. Rasgo, si no exclusivo, sí muy determinante de la escritura andaluza: los Quintero, Lorca o Martín Recuerda, por citar unos leves ejemplos, han perfilado con rasgos muy contundentes los tipos femeninos. En el caso de la obra dramática de Antonio Gala —él lo ha explicado en muchas ocasiones al referirse a los sentimientos que caracterizan al ser humano— éstos encuentran en la mujer «una floración y una cosecha especialmente visibles». En la mujer ha encontrado Gala los símbolos y alegorías que han personificado toda la historia de la humanidad. Y si el tema del amor es tema recurrente en todo su teatro, no es raro que el autor acuda a la mujer, que ama, si no de manera diferente, sí de manera más intensa, «porque la consecuencia del amor para la mujer es visible, palpable, real: el hijo que puede tener». En cualquier caso, la mujer en el teatro de Antonio Gala ama por encima de todo y contra todo, *full time,* en sus propias palabras.

Hay, hemos de insistir, otro elemento que conjuga también en esta disposición y tentación hacia un teatro de insistencia y presencia femenina. Un elemento de necesidad. España es un país de buenos actores. Pero lo es más de excelentes actrices. De primerísimas actrices con las que el autor se ha sentido mucho más próximo y que le han solicitado con mayor insistencia participar de su teatro. La presencia de estas primeras actrices siempre ha gravitado sobre los autores de teatro, no ha sido contemplada ni estudiada con la justeza que sería deseable para la propia historia de nuestra dramaturgia. Desde Lope hasta hoy... ha sido y es un hecho demostrable. ¿Cómo no tener en cuenta la presencia y la influencia mediática de María Guerrero en el teatro de Galdós o Benavente?, ¿o la de Loreto Prado sobre Arniches?, ¿o la más conocida de Margarita Xirgu y Federico García Lorca?

Me parece acertada, redundando en el tema de la mujer y el teatro de Antonio Gala, la llamada de atención del profesor Romera Castillo al insistir en la consideración «de que el teatro de Gala es un teatro de, y además, para mujeres», entendiéndolo no como algo negativo, «al contrario, contribuye a la confirmación que sostienen algunos sociólogos actuales, cual es la recia feminización que se está produciendo en casi todos los ámbitos de hoy». Feminización que, en algún caso, le ha sido reprochada por la crítica: entendiendo ésta que la línea convergente e insistente de toda su obra se corresponde más con la de un autor que se dirige a determinado público, mayoritariamente de «señoras», de fácil complicidad con sentimientos que se exponen rozando el sentimentalismo. Teoría fácilmente desmontable cuando se hace una lectura más reflexiva y honda de sus obras, en las que podría parecer que el bellísimo «academicismo» de la palabra empleada arrastra hasta un cierto convencionalismo de sentimientos y actitudes. Todo lo contrario. En la obra de Gala —así lo conjugan los numerosos estudios y especialmente los que tratan su teatro— hay siempre una constante lucha y búsqueda de las libertades, de la igualdad de derechos, de la convivencia y de la esperanza en la regeneración de los paraísos perdidos, y de saltar por encima de cualquier convencionalismo en ciertas formas de vida. Rasgos que denotan en la escritura del autor actitudes muy alejadas de estas acusaciones.

La composición de los dos personajes de CAFÉ CANTANTE no se aleja ni por un instante de todas estas constantes que hemos señalado. Pero también ahora, más que en otras ocasiones, Gala roza con habilidad sumarísima el esperpento, que, en este caso, es el resultante de la composición dramática que ha diseñado para el espacio donde se desarrolla la comedia, utilizado como resorte, primero reflectante, y reflejando lo que queda en los viejos espejos que dominan en el café, la vida de las dos protagonistas. Y, de otro lado, el recurso del lenguaje que va sin transición alguna de lo cómico a lo trágico, como en «un desenfreno de géneros» que el autor, mejor que ningún otro contemporáneo, maneja, mezcla y dosifica con tanta extremada habilidad.

María *La Talismana,* la vieja bailaora y propietaria del café, descrita como «imperativa y deslenguada», nos devuelve a un tipo femenino que, si bien dominante en casi toda su producción anterior, aparece ahora más perfilado y rotundo que sus antepasadas.

María está encerrada en el café por voluntad propia. Como antes lo estuviera Adelaida, *la vieja señorita,* en su café «El Paraíso». Encerrada, también, como *Petra Regalada*, ésta sí, a la fuerza; inmersas ambas en una parafernalia de trono/silla de ruedas, entre batas de cola, peinetas y mantones. Mujeres encerradas en mundos aislados y aislantes, que unas veces son sacristías, como la transformada por la Hortensia de los *días perdidos* o los lutos carcelarios para toda la vida de la Jimena de *Anillos para una dama*. Mundos claustrofóbicos, viejas estampas tópicas de una España aniquiladora, casi de friso valleinclanesco, elegidos o impuestos, que aparecían ya al principio de su obra dramática en el personaje del vencido de la guerra civil de *Noviembre y un poco de yerba,* escondido durante veintisiete años en un sótano, aniquilado más tarde por la pérdida de su entidad como ser humano y, como consecuencia, la pérdida de cualquier esperanza en el amor.

María, al igual que el personaje de Hortensia, es falsa y sincera al tiempo y, como ella, y a pesar de su encierro, empeñada en vivir a toda costa. Ambas mantienen cierta complicidad de alcahuetería, en la más pura tradición de Celestina y de Trotaconventos, y en este mismo horizonte hemos de situar a

Adelaida, la vieja señorita. Son mujeres en continuo estado de batalla. Unas redentoras, como María y Adelaida, mientras que para Hortensia, cualquier movimiento suyo, cualquier acción que desarrolla siempre está dirigida hacia la propia salvación.

En todas ellas la experiencia, fruto irremediable del paso del tiempo, es común denominador donde complicidad y afectividad se debaten incesantemente. Y para todas ellas la esperanza es siempre un sentimiento desgarrado; una clase de esperanza —cito nuevamente a Carmen Castañón— «que ha de durar hasta los umbrales de la muerte». Lo grita así María en los límites de la función... «lo primero es el café cantante. Y la esperanza nueva». Es el duro calvario de todos estos personajes.

¿Hasta qué punto hemos de tomar este/os personajes como trasuntos del autor? En el programa de mano para el estreno de *La vieja señorita del Paraíso* escribe Gala que «la vieja señorita es un personaje que está en mí desde siempre, porque piensa igual que yo». Palabras que repite en numerosas entrevistas y que resumimos en un «yo voy a decir lo que quiero decir por boca de este personaje». Por tanto, las afinidades entre estas mujeres, sus espacios y la temática recurrente se enmarcan obsesivamente en el universo del autor: la memoria, un cierto sentido profético, los recuerdos y la esperanza. La búsqueda incesante de un lugar para la libertad, para el amor y, como consecuencia, la felicidad: es el lugar que se traza desde el panteón de todos los desheredados en *Los verdes campos...*, que pasa por el café El Paraíso, y ahora El Tronío, el café cantante.

En su café permanece María aislada. Al menos, aparentemente. Y como Adelaida, en El Paraíso, que hacía flores, María dice, no sin cierto sarcasmo, que borda pañitos de altar (!). Encerrada y sola. Para ella y también para las otras. Todo lo malo siempre viene de fuera. Es el grito de Jimena al acabar el tercer acto: «... ¡sola, dejadme sola!». La llegada de alguien provoca siempre el conflicto, la lucha. Se enfrentan formas distintas y diferentes de entender la vida, los sentimientos, el tiempo. Aparecen, a veces cargados de esperanza, de redención: Mario para Petra; Stone para Adelaida y ahora Yeni para *La Talismana,* a la que advierte «que todo lo malo que me pasó en la vida fue porque alguien entró por esa puerta».

Yeni es la desencadenante de todo cuanto ocurre. De veintipocos años, «cuyo aparente desconcierto, es en ella lo único desconcertante». Es el oído al que el autor ha venido hablando desde tiempo atrás, «una heredera», otra «bella durmiente». Mezcla de motera, de una cualquiera de las tribus urbanas del extrarradio de una ciudad, llegada de un pueblo para ser alumna, sin demasiadas pretensiones, de un instituto de Formación Profesional. Y en cualquier caso, «moderna» a toda costa.

La llegada de Yeni alimenta los escondidos deseos de María de empaparse de la realidad y comunicarse. Es la necesidad del encuentro. De romper con otro de los rasgos fatídicos en el teatro de Gala: el aislamiento del mundo y la decadencia del ámbito propio. María se incorporará de su letargo para descubrir la identidad del personaje que llega. Al igual que antes ocurriera con *Petra Regalada* para descubrir la identidad de Mario, ahora sucede con Yeni. En cualquier caso, forasteros y perturbadores de un orden.

Hay en Yeni muchos de los rasgos que definen la personalidad dramática de Consuelito, de *Los buenos días perdidos,* y de otros personajes próximos a ella: mujeres manejables, volanderas y —como escribía el autor en las notas preliminares a la edición de esta obra— «equivocadas, igual que su destino» y que, como le ocurre a Diana en *Los bellos durmientes* —en este caso, con quién se encuentra—, le hará comprender todo el error de su propia realidad. Al igual, nuevamente, que la *Petra Regalada,* que se siente reconocida en el niño Tadeo, María se reconoce en Yeni, lo que justifica el pistoletazo para que ella pueda poner en juego toda su condición de redentora y mostrar su proximidad de sentimientos, tan cercanos con todos los oprimidos, marginados y faltos de libertad, como es el caso de este personaje. Por tanto, la batalla que se desencadena justifica cualquier acción que les lleve a su salvación. Todo está ya justificado, y deberá crearse, a partir de ahora, un código de complicidad y afectividad entre ambas.

Hemos hablado de un tercer personaje, Sebastián. No aparece físicamente sobre el escenario. Pero su presencia es la más inquietante de todas. Lo describen como guapo, palabrero, faltón, sinvergüenza... un cabeza loca. «No lo olvides si vas a quedarte aquí», advierte como una sentencia María a Yeni. No podemos eludir la posible similitud con uno de los personajes masculinos mejor compuesto del teatro de Lorca: Pepe, *el Romano,* de *La casa de Bernarda Alba*. Otro embustero, enredador, mentiroso y embaucador de mujeres solas, próximo si analizamos los comportamientos que se describen de Sebastián. Un despertador de pasiones entre los más débiles. Portador, como también el personaje de la obra de Lorca, de la muerte. Tal vez única salida que nace de la marginación. Pero la victoria y la esperanza es de ellas y está en ellas: «... los hombres pasan, las mujeres quedan», dice en los últimos momentos María.

Creo que CAFÉ CANTANTE puede unirse a la *Trilogía de la Libertad (Petra Regalada*, *La vieja señorita del Paraíso* y *El cementerio de los pájaros).* La parábola nuevamente narrada por Gala es de un nuevo canto a la libertad. La liberación de un nuevo opresor, ahora consecuencia de los dos personajes y común, por tanto, a las dos, es la anécdota utilizada para plantearnos una nueva reflexión de dos «españas», una entre el pasado que no se acaba y otra en un, en exceso, incierto futuro. Una metáfora, un poema del esperpento nacional. Una sutilísima parábola de estos últimos veinte años de la vida española en la llamada transición política.

Gala ha trazado con muy firme pulso, utilizando un lenguaje chispeante, trágico unas veces, hilarante otras, poético siempre y en cualquier caso absolutamente testimonial, una intensa reflexión sobre el encuentro de estos dos caminos cuyo punto de encuentro llamamos España.

«Todo lo de fuera es un café cantante», así entiende María todo cuanto pasa dentro y fuera del mundo que ella conoce, siente y padece. Pero hay en ella una fuerza que empuja hacia adelante con vigor, despertando a su futuro a la «joven durmiente»: «Tu camino se parece al mío, a ver si lo andas con más suerte... si no te desprendes de lo viejo, me incluyas a mí o no, nada nacerá en ti... deja a tu espalda... tus equivocaciones, que también son mías.» Son las palabras con las que la vieja dueña del café cantante, entre carta y carta de la baraja, le va dibujando a los oídos de la joven el que ha de ser el camino que deberá tomar para el encuentro con el amor, la esperanza y la libertad.

No habrán de salir del café cantante —todo el mundo es un café cantante— solas, con la esperanza de algo nuevo que llegará, no desde fuera, no algo ajeno, sino una nueva esperanza que es el fruto del cuidado y de las atenciones de ambas. Puestas de acuerdo por fin. Con una sola voz; de acuerdo y sin rencores, café y palmas para todos.

Como en los viejos locales de El Burrero y el de Silverio, en los que cantaban Chacón y Fosforito, que cerraron sus diferencias e hicieron las paces y llegaron a un acuerdo de armonía entre ellos para que todos pudieran oír cantar a los dos artistas sin encanallamientos entre los seguidores de uno y otro. Bastó con juntarlos y oírlos como si de una sola voz se tratara. Distintas e iguales a la vez. María, *La Talismana,* la de la suerte, y Yeni unen sus voces en una sola. ¿Para cuándo una sola España, una sola voz en El Tronío, café cantante de Antonio Gala?

ANDRÉS PELÁEZ MARTÍN*

Director del Museo Nacional del Teatro

---

* Debo hacer constar la ayuda encontrada para la redacción de este prólogo en Isabel Martínez Moreno: *Antonio Gala: el Paraíso Perdido*, Madrid, CSIC, Instituto de Filología, 1994, y José Romera Castillo: *Con Antonio Gala (Estudios sobre su obra),* Madrid, Universidad de Educación a Distancia, 1996. El resto de obras citadas están ya recogidas en las bibliografías aportadas por estos autores.

CAFÉ CANTANTE

CAFÉ CANTANTE se estrenó en Bilbao el 14 de agosto de 1997, en el teatro Consulado, y en Madrid el 17 de septiembre en el teatro Bellas Artes, con el siguiente

REPARTO

MARÍA .... Nati Mistral
YENI .... Ángeles Martín

FICHA TÉCNICA

DIRECCIÓN .... Joaquín Vida
ESCENOGRAFÍA .... José Hernández
VESTUARIO........... Rosa García

NOTA PREVIA

CAFÉ CANTANTE deseó, él mismo, ser una comedia desenfrenada. A pesar de tener las dos bridas precisas —sus dos únicos personajes, que tanto amo—, preferí obedecerlo, y lo dejé que se desenfrenara.

Consiste en una ponderada mezcla, no obstante su desenfreno, de géneros: satírico y cómico, dramático y sarcástico, y de género negro en no escasa medida. Es una confusa madeja que se devana y se ordena poco a poco ante nuestros ojos; porque nuestros ojos no acaben de ver bien, o porque no acaben de creerse lo que ven. Es el resultado de una interpretación que se asemeja mucho a un ejercicio de esgrima entre dos maestras. Nada es en ella lo que, a simple vista, parece. Ni siquiera aquello que parece se parece demasiado a lo que trata de parecer. Como el teatro dentro del teatro; más, como el teatro dentro de la vida, y también lo contrario.

Nunca a una representación la he sentido tanto como un juego. Como un juego de palabras cruzadas que restallan. Como un juego, en principio disparatado y divertido, que al concluir puede enseñarnos algo. Siempre, claro, que nos encontremos dispuestos a aprenderlo. Siempre, claro, que tomemos partido: el único, en el fondo, valedero.

CAFÉ CANTANTE se manifiesta como una comedia rabiosamente española. Tan vinculada de raíz a los veintitantos últimos años de España, que no deja de recordarnos su Historia y sus historias. Una España pasada y pesada, y otra futura y más ligera; pero dudaremos qué personaje representa a cada cual, porque la anécdota que se nos cuenta —lo mismo que la Historia verdadera— tiene vacilaciones y vaivenes. Así avanza la vida.

¿Conseguirán estas dos mujeres entenderse al final? ¿Conseguiremos entenderlas nosotros? O mejor, ¿conseguiremos nosotros entendernos? Ojalá sea así. Y que a ello colabore mi texto, que tanto disfruté fraguando y escribiendo.

ANTONIO GALA

ESCENARIO

El escenario es la sala central de un café cantante de principios de siglo. Azulejos de suelo a techo con ramos de claveles, con peinetas y Giraldas y castañuelas, con angelitos tocando la guitarra, etc.

Pero esta sala, a cuya derecha, al foro, hay un resto de tablao, por añadidura se dedica a la vivienda de *La Talismana,* que la ha convertido en una especie de laberíntico camerino de vieja actriz: con un tocador bien iluminado, biombos, batas de baile colgadas en desorden o dejadas sobre cualquier sitio, cajas y pantallas amontonadas, un frigorífico, una hornilla, un teléfono extraviado, copas, botellas ya bebidas o sin beber, retratos de viejos flamencos famosos, etc. Y, desde luego, una cama en primer término y un aparatoso tríptico de espejos.

También a la derecha, casi perdido, hay un arco que comunica con el bar que da a la calle. A la izquierda y al fondo, aparece una escalera que lleva al primer piso, y una trampilla que no se usa y lleva al sótano.

Entre la escalera y el tablao, unas grandes puertas acristaladas dejan ver un patio extenso con arriates al pie de las paredes. Unas polvorientas cortinas cubren o descubren estas puertas.

La escena está abarrotada de mesas y taburetes o sillas —estilo sevillano— no siempre arrinconados, lo que dificulta al principio el movimiento de los dos personajes.

El escenario va cambiando al avanzar la comedia. Se ordena, se clarifica, se limpia, se desnuda (como el personaje de MARÍA), hasta llegar a ser un objeto *kitsch* que podría encantar a YENI.

PERSONAJES

MARÍA es una antigua bailaora de unos setenta años, aún fogosos y bravíos, imperativa y deslenguada, con la justa desconfianza de los seres largamente solitarios. YENI, una muchachita de veintipocos, cuyo aparente desconcierto es en ella lo único desconcertante.

Ninguna de las dos es ingenua en ningún momento de la obra. La interpretación ha de producir en el espectador la certeza de que presencia una inverosímil lección de esgrima. Nada es lo que parece. Incluso nada de lo que parece debe parecer en exceso lo que trata de parecer.

Cuando encontramos a MARÍA, está sentada sobre un extraño sillón con ruedas y alto respaldo, y viste camisón, salto de cama y una toquilla «de profesión, andaluces». YENI lleva, en contraste, pantalones y cazadora de vinilo, botas rotundas, gafas oscuras y un aire, entre insolente y emboscado, rigurosamente del día.

CUADRO PRIMERO

Las dos mujeres se acechan en silencio y se observan recíprocamente con disimulo. MARÍA *dormita o lo finge. Toma sorbos de anís, como olvidada de la presencia de* YENI.

MARÍA.—Dices que te manda la abuela.

YENI.—¿Qué abuela?

MARÍA.—La tuya. No va a ser la mía: dónde estará la pobre.

YENI.—Ah, no me acordaba. Como hace tanto que se quedó dormida...

MARÍA.—¿Tu abuela?

YENI.—No, usted.

MARÍA.—Dormida, no. Estaba pensando en tu abuela... *(Como para sí, tono que emplea con alguna frecuencia.)* La gente habla demasiado, aunque no tenga nada que decir... ¿Eres coja? *(Por las botas.)*

YENI.—Que yo sepa, no. Es la moda.

MARÍA.—Pues vaya moda. Pero menos mal, porque entre tú coja y yo impedida esto iba a ser una olimpiada... Menudo pendón estaba hecha.

YENI.—¿Quién?

MARÍA.—Tu abuela; quién va a ser. Bailaba aquí. Le llamaban *La Verde.*

YENI.—¿Por qué?

MARÍA.—Porque la gustaba ese color... «La que se viste de verde / con su hermosura se atreve...» Y por alguna cosita más.

YENI.—¿Por cuál?

MARÍA.—Mira, niña. Una cosa es que parezcas tonta y otra que te lo hagas. *(Pausa.)* Y a todo esto, ¿tu abuela vive?

YENI.—Sí, señora. Hecha polvo, como usted, pero vive.

MARÍA.—*(A la defensiva.)* Ella era mucho mayor que yo. Y más fresca: en eso eres calcada. Cuando tuvo a tu madre... Porque la Milagritos será tu madre, ¿no?

YENI.—Pues no. Milagritos es mi tía. *(Coge carrerilla.)* Y mi prima mayor, Angustias, y la otra, Dolores, y la pequeña, Martirio.

MARÍA.—¿Y no hay ninguna que se llame Consuelo?

YENI.—*(¿Desconcertada?)* Me parece que no.

MARÍA.—Pues cuando tu abuela tuvo a tu madre, dejó de bailar.

YENI.—¿Quién dejó de bailar?

MARÍA.—Tu abuela, coño. Bueno, el baile la dejó a ella. Se puso como un tonel de gorda... ¿Y por qué no me mandó una cartita?

YENI.—¿Una cartita de quién?

MARÍA.—Niña, de tu abuela: ¿de quién estamos hablando?

YENI.—Ah, yo qué sé. No se la escribiría porque está ciega.

MARÍA.—Y porque es analfabeta, la muy ceporra... Hoy estoy melancólica. Me doy cuenta de lo inútil que es luchar contra la suerte. Contra la mala, por supuesto. En el fondo, eso es todo lo que he aprendido.

YENI.—*(Entre paño y bola.)* Pues entonces la ceporra es usted.

MARÍA.—¿Qué has dicho? Yo no oigo ya como antes. *(Pero ¿será cierto?)*

YENI.—Digo que qué verdad más grande.

MARÍA.—Qué verdad ¿qué?

YENI.—Ya no me acuerdo: lo que usted dijera.

MARÍA.—*(Tragándose una risa.)* Yo creo que te ha mandado Dios... Yo lo que creo es que tú eres un ángel.

YENI.—Venga, qué acojone.

MARÍA.—Encarna la pobre se murió hace quince días. Y hoy apareces tú, qué casualidad, tan brillante, tan escamondada. Como un ángel. Cuando te abrí, ni siquiera supe si eras hombre o mujer. Como los ángeles.

YENI.—Mucho, tía. Y esa Encarna ¿quién era?

MARÍA.—La mujer más buena de este mundo. Viuda desde que puso un pie en Madrid. Viviendo de una pensión que era una infamia. Tenía que ayudarse limpiando. Hasta que yo la conocí y se quedó conmigo... Se iba de noche, claro, por su niño. Un niño más bonito... La primera vez que vino aquí tendría diez años.

YENI.—¿Quién?

MARÍA.—Tu abuela. El niño, mujer. Me llama madrina. Yo le costeé los estudios: todos los que hizo, porque anda... Cuando creció...

YENI.—Pero ¿quién creció?

MARÍA.—Tu abuela, por supuesto, la que más. Sebastián se llama, como el padre. La madre...

YENI.—Yo no me cosco. Qué taco. ¿La madre de quién?

MARÍA.—La madre de tu abuela. La Encarna, mi señora de compañía. La Encarna me llamaba siempre doña María. Doña María por aquí, doña María por allá: una santa. Pesada, pero santa. Yo pienso que el niño la ha matado a disgustos. *(Señala una foto.)* El que está ahí es. Hasta el nombre lo tiene bonito. Pero es muy mala gente y lleva siete gatos aquí. *(Se señala el estómago.)* Todo lo que tiene de guapísimo lo tiene de palabrero y de faltón. Sebastián se llama la prenda: no lo olvides si vas a quedarte aquí.

YENI.—*(¿Con retintín?)* Qué voy a olvidarme: Sebastián. Y tiene mal rollo. Es lo único claro. Y en lo de apalancarme aquí...

MARÍA.—*(Alargándole la foto.)* ¿No te parece el colmo?

YENI.—¿Quién?

MARÍA.—¡Tu abuela! El de la foto.

YENI.—*(Se la devuelve.)* Hay mogollón como él.

MARÍA.—Pues, hija, es guardaespaldas de un ministro. O de un banquero. Bueno, de un sinvergüenza. Y antes ha sido de todo. Incluso policía, ya ves qué futuro. Un cabezaloca. Vive a salto de mata. A veces, como Dios. Yo imagino que hasta atracará bancos... Desde luego, a la madre se la llevó por delante. La infeliz se callaba, se callaba, pero algo le roía el corazón. Y conmigo, lo mismo. A espaldas mías escondió aquí droga: un alijo bastante grandecito. *(Quizá ha aumentado la atención de* YENI. *Y quizá* MARÍA *lo percibe.)* Pero yo lo descubrí, y lo tiré poco a poco por el retrete. Bueno, no todo. Yo hice como la policía: me quedé con un resto. Para el avío... Ahora ponéis las rayas de coca donde sea y tenéis que doblar el espinazo para esnifarlas. Antes la tomábamos con la uña del meñique... Así. Porque éramos unas señoras, no unos pingos...

YENI.—¿Es que usted se mete coca?

MARÍA.—No me gusta hablar de esto. Además que tú, de pueblo, ¿cómo vas a saber lo que es la droga?

YENI.—Natural.

MARÍA.—Por eso digo que será Dios quien te ha mandado. Porque yo estoy muy mala, muy malita: postrada, ya tú ves. Quién le iba a decir a la Encarna que ella se moriría antes que yo. No voy a durar nada. Pero que nada nada. Tengo un dolor aquí *(Señala la cabeza.)* constante. Y hace que no me levanto de esta silla ni se sabe... [Te advierto que la Encarna limpiaba los cristales con periódicos. Hasta que dejamos de comprarlos, porque a mí qué me importa lo que pasa fuera. Y entonces los limpiaba con alcohol... La verdad es que al final era un poquito dejada. En fin, cómo sería que acabó por morirse...]*

YENI.—*(Desentendida.)* ¿Tiene usted hilo musical? Para distraerse, digo.

MARÍA.—*(Muy pobrecita.)* No, hija.

YENI.—Podía instalarlo.

MARÍA.—No creo que quepa.

YENI.—¿Y teléfono? Porque eso sí cabrá.

MARÍA.—Debajo de algo, por ahí estará. Lo cortaron por falta de pago. En realidad, por falta de interés.

YENI.—Pues mi abuela me insistió en que usted era una mujer de viru. *(Hace, ante la incomprensión de* MARÍA, *gesto de dinero.)* De posibles.

MARÍA.—De imposibles, diría. Para lo que me queda de vida ya tendré. Pero no mucho más, no te hagas ilusiones. Y tu madre, ¿cómo se llama?

YENI.—*(Después de una vacilación.)* Teodosia.

MARÍA.—Qué original. *(Retorcida.)* Y eso ¿por qué?

---

* Las frases comprendidas entre corchetes fueron suprimidas en la representación.

YENI.—Ay, no lo sé. Bastante me ha costado aprenderme el nombrecito.

MARÍA.—Porque tu abuela quiso trincar a tu abuelo. Teodosio el Grande le decían. Medía tres metros de largo y otros tres de ancho. Lo quiso trincar echando a la criaturita semejante cruz encima. ¡Teodosia! *(Malvada.)* Qué extraño que no te lo contaran.

YENI.—Vaya caña con mi familia. Si lo sé no vengo. *(Cambio brusco de conversación.)* Esto habrá que ordenarlo.

MARÍA.—Tú tienes los mismos ojos de tu madre a tu edad. Ella los tenía algo más claros, casi celestes, ¿no?

YENI.—Sí, señora, celestes.

MARÍA.—Vaya por Dios, cómo cambian las personas humanas. Cuando yo la vi por última vez los tenía más negros que el alma de tu abuela.

YENI.—Las cosas... Si no le importa a usted, voy a meter la burra.

MARÍA.—*(Horrorizada.)* ¿Es que has venido en burra?

YENI.—La moto, tía. Qué carroza... Aquí la gente es muy chori. *(Gesto de robar.)*

MARÍA.—Digo, más de lo que parece. Y no me llames de usted: al fin y al cabo somos como de la familia. La Remedios y yo, uña y carne.

YENI.—*(Se vuelve antes de salir.)* ¿Quién es esa Remedios?

MARÍA.—Pues mira, tu abuela: la que te mandó venir... no sé por qué.

YENI.—Voy por la burra. *(Se pone las gafas oscuras.)*

MARÍA.—¿Hará mucho sol fuera? Porque aquí ya es de noche.

YENI.—¿Por las anchoas dice? Es la costumbre. *(Sale. Ha anochecido. Sobre la escena cae desolación, tristeza y frío.* MARÍA *se arropa en su toquilla. Da un sorbo largo de anís. Registra la mochila de* YENI *hasta que la oye volver.)*

YENI.—¿Qué es el tronío?

MARÍA.—El nombre del café cantante.

YENI.—Pero ¿qué es?

MARÍA.—Una cosa que está entre el trueno y el trono.

YENI.—*(Sin enterarse de nada.)* Ya. ¿Usted es monárquica?

MARÍA.—¿Yo? Si soy la reina. *(Por la moto.)* Podías haber dejado la locomotora en el bar. ¿O tienes la costumbre de meterla en tu cama? Déjala ahí, en el jardín; si no, acabaré yo despatarrada en lo alto de ese bidé atómico.

YENI.—¿En qué jardín?

MARÍA.—*(Señala el patio.)* No seas impertinente. Está algo descuidado, pero verás en cuanto lo atendamos qué bonito se pone. La cal y los geranios son cosas que tienen mucho aguante.

YENI.—*(Entre dientes.)* La cal, los geranios y usted.

MARÍA.—*(Sólo por un gesto de la boca se sabe que la ha oído.)* Ahí sacábamos las mesas en verano: una preciosidad. *(Por el casco que lleva en la mano* YENI.) Esto qué es: ¿una pecera?

YENI.—*(Se lo pone.)* Para las caídas.

MARÍA.—Enteramente un secador de peluquería. Lo que sois los modernos... Yo hace veinte años que no salgo a la calle.

YENI.—¿Y la tele?

MARÍA.—¿En mi casa de eso? Qué disparate. Una tuve. Se estropeó y ya no la arreglé. A lo mejor es que está sólo desenchufada... Lo que sí usaba era un magnetofón. Lo dejaba grabando por las noches, y al día siguiente oía la garata que forman los espíritus.

YENI.—*(Impresionada.)* ¿No le da canguelo vivir sola en este antro?

MARÍA.—Antes vivía arriba. Hasta que me harté de la escalera... ¿De vivir sola? Al contrario. Todo lo malo que me pasó en la vida fue porque alguien entró por esas puertas, bien lo sabe Dios. Y yo..., sola se está divinamente.

YENI.—Pero con el género que habrá pasado por aquí durante tantos siglos...

MARÍA.—Oye, bonita, sin exagerar... Lo peor no fue quienes pasaron, sino quienes se quedaron. Aquí ha habido hasta muertes.

YENI.—¿Y qué decían los muertos en la cinta?

MARÍA.—Si quieres te la pongo. Te la pondré... Pero yo a lo que digan los muertos no le temo. Le temo más a los vivos. Cuanto más vivos, más. *(Da un sorbo.)* ¿Y tú has venido sólo a cuidar de mí?

YENI.—Si pudiese, me encantaría hacer un curso de esteticién. Bueno, terminarlo, porque ya lo tengo empezado.

MARÍA.—¿De qué has dicho?

YENI.—De esteticién.

MARÍA.—Y eso ¿qué es?

YENI.—Pues para cuidar la piel, dar masajes, maquillar y esas mariconadas.

MARÍA.—Huy, qué oportunidad. Conmigo podrás hacer prácticas. Nos vamos a entender, ya verás... Ahora me ves más pasada que la cotonía; pero no puedes ni imaginar lo que yo fui. No una arrastrada como tu abuela, que además era una pécora, sino una gran señora del tablao. Levantaba los brazos como Pastora Imperio; taconeaba y me movía igual que Pilar López; recitaba mejor que la Membrives, y tenía mucha más gracia cantando que *La Argentinita,* que al fin y al cabo era de San Sebastián. Con razón me llamaron *La Talismana.*

YENI.—A esas gachises, si es que son gachises, no las he jabelado araquelar nunca.

MARÍA.—Si lo que quieres decir es que no te suenan, lo mejor que puedes hacer es morirte. Porque esas gachises fueron lo más grande del mundo.

YENI.—Es que ahora el mundo es muchísimo más grande que en su época.

MARÍA.—¿Mi época? Oye, ni que fuera Carlos V.

¿Y qué pasa hoy en día? ¿Se ha descubierto otra América? Porque con una ya tuvimos bastante, y nos sobraba... *(Bebe.)* A ti lo que te ocurre es que serás yeyé, se llame eso ahora como se llame. *(Vuelve a beber.)* Estoy brindando por los viejos tiempos.

YENI.—Pues no creo que esos tiempos, siendo tan viejos, aguanten tanto anís.

MARÍA.—Niña, no seas letal, hazme el favor. Se trata de Machaquito: seco y dulce, mitad y mitad.

YENI.—Yo es que no bebo alcohol. Yo, refrescos y agua. Y cacao y yogures. Y zumos, muchos zumos.

MARÍA.—Pues qué asco, hija.

YENI.—Así se ven las cosas mucho más claras.

MARÍA.—Si yo no quiero verlas más claras; al revés, lo que quiero es no verlas.

YENI.—¿Voy por la zampa o tiene usted ingredientes? *(Ante la cara de* MARÍA, *gesto.)* De papeo.

MARÍA.—¿Ingredientes?

YENI.—Algún sobre, algo que descongelar... (MARÍA *la mira entre el odio y el asombro.)* En fin, yo qué sé...

MARÍA.—Mira a ver lo que hay en la nevera. (YENI *la busca.)* Está debajo de esas batas de cola. Es que yo apenas como...

YENI.—Claro, con lo que bebe...

MARÍA.—No sé si te he oído bien.

YENI.—Me figuro que no... Decía que esta puerta está estropeada. *(Se refiere a la nevera.)*

MARÍA.—Estropeada, no. Hay que saber abrirla, como todo en la vida.

YENI.—Si hay que saber abrir una nevera es que está estropeada. ¿O se dan aquí cursos de cómo abrir neveras?

MARÍA.—Qué niña, Dios mío... Sabihonda, la puerta hay que sostenerla así, levantándola un poquito. *(Se le caen las batas de cola encima.)* Sí, habrá que ordenar esto o acabará matándonos. Ahora que estás tú aquí, tan dispuesta y tan emprendedora...

YENI.—Hay mortadela o una galochá parecida. Y salsa de tomate con moho.

MARÍA.—Había una centolla, pero me la comí. Exquisita... ¿Y pan? Antes de morirse la Encarna trajo pan.

YENI.—¿Serán estas piedras? *(Con una bolsa en la mano.)*

MARÍA.—Es muy bueno para los dientes el pan un poco duro. Qué mal te han educado, bonita. Desde hoy te encargarás tú de la intendencia. Verás qué ricamente vamos a estar aquí *(Recalca.)* las dos solitas. ¿No opinas tú lo mismo?

YENI.—Fijo. Y la cocina ¿dónde está?

MARÍA.—Es eso.

YENI.—*(Con un hornillo cogido con dos dedos.)* ¿Esto es *toda* la cocina? Superincreíble.

MARÍA.—Hay otra grande abajo, lady Di. Hazme un poquito de café. Yo, si no tomo café a estas horas, no pego luego ojo.

YENI.—Qué vieja más rarita.

MARÍA.—¿Me has llamado vieja o me has llamado rarita?

YENI.—He dicho que qué cafetera tan bonita. Es una antigüedad: valdrá una pasta, ¿no? ¿Y habrá un martillo para partir el pan?

MARÍA.—A lo mejor te sirve este instrumento. *(Le tiende una pistola a* YENI *que, con naturalidad, parte el pan. Después saca algo de su mochila.)*

YENI.—Untándole esto estará mejor. Es una crema muy rica. De cacahuetes. Y estas son palomitas.

MARÍA.—Ya lo veo. No soy tonta. Ni ciega como tu abuela.

YENI.—Tengo que decirle la chachi. No me gusta changar. No sé mentir. *(Ha empezado a comer.)*

MARÍA.—Pues quién lo diría, hija, porque...

YENI.—Yo me di el piro de mi casa hace ya tiempo.

MARÍA.—¿Cuánto?

YENI.—Unos dos años. Me querían enrollar con un comerciante pestuzo, puri y forrao que a mí me daba náuseas, y me abrí.

MARÍA.—¿Tú ya estás deshonrada?

YENI.—¿Eso qué es?

MARÍA.—Niña, que si ya... *(Hace un gesto obsceno.)*

YENI.—Claro, ¿por quién me has tomado?

MARÍA.—¿Y quién te deshonró? Ya sabes, el primero que...

YENI.—Ah, no me acuerdo. Fue al bajarme de un columpio, en el que me balanceaba sin ayuda de nadie. Tenía yo ocho años. Se conoce que se me subía la faldita, y había un hombre allí, y ya tú sabes.

MARÍA.—¿Cómo voy yo a saber semejante catástrofe? Eso te habrá marcado para siempre.

YENI.—¿Por qué me iba a marcar? El virgo no sirve más que para perderlo. Y cuanto antes, mejor. Eso ya no se lleva. Más me marcó que las niñas de la escuela me pregonaran siempre porque no tenía padre.

MARÍA.—No me extraña: en tu familia nunca ha pisado un hombre.

YENI.—Entonces, ¿de dónde vengo yo?

MARÍA.—Tú sabrás... No hablo de hombres de pisar como los gallos: eso es un quita y pon. Hablo de hombres que vivan en la casa, y que paguen, que es para lo que sirve un hombre auténtico... Las mujeres de tu casta, hija, qué suficientes son. A tu madre, desde chiquilla se la veía venir. Sólo consentía que se le acercaran los muchachos a los que ella quería acercarse: qué viva era...

YENI.—Toma, como todo el mundo.

MARÍA.—Ya cantiñeaba y se meneaba con buen son. Una pena que se fuese a ese pueblucho.

YENI.—¿Sevilla, un pueblucho?

MARÍA.—Para lo nuestro, sí. Allí todo el mundo canta y baila a su aire. No hay nadie que pague por verlo hacer bien. El arte no se aprecia. Hay que irse fuera, a la China o al Japón... ¿Y qué les decías tú a las niñas que se metían contigo?

YENI.—Nada; que les dieran por el cacas... [Después de pelearme, me acuerdo que un día me fui al río. Quería tirarme al agua y acabar de una vez. Pero me distraje mirando bailotear unas sardinas o lo que fuera aquello... Había un viejo pescando, y sacó un pez chiquito. Tiraba para desengancharlo del anzuelo y no podía. Y tiró fuerte, y detrás del anzuelo salieron toda la carraca y las entrañas del pez... Estaba vivo todavía...

MARÍA.—No me choca que te acuerdes...] Ya no tengo apetito... *(Deja lo que estaba mosdisqueando.)* ¿Y por qué se te ocurrió venir al Tronío? Aquí ya no se *bailotea* desde hace muchos años.

YENI.—Porque se te mentaba mucho en mi casa. Tus layas —tus joyas—, tu parné, este local que vale un huevo...

MARÍA.—Anda que están al día. Yo no tengo ni un duro. Vivo de bordar pañitos religiosos, con espigas, con uvas, con custodias. Soy como una monjita... Si me acuerdo de algo es del día de mi primera comunión. Iba delante, entre filas de cirios, con las manos juntitas, blanca igual que una azucena. El día más feliz de mi vida... Y me acuerdo también del día en que me deshonraron. Fue muy poquito después de la guerra.

YENI.—¿De qué guerra?

MARÍA.—De una. Se llamaba Romualdo, qué lástima. Y era bastante llenito. No tanto como después se puso, pero lleno. Yo creí que me aplastaba.

YENI.—*(Para sí.)* Me está dando la brasa la tía esta.

MARÍA.—A los tres años me puso este café.

YENI.—¿Con tres añitos ya...?

MARÍA.—A los tres años de aquello, mema. Y me puso es un decir: lo abrió para sus negocios y sus enjuagues. Los estraperlos, los cambalaches. Primero la harina, el aceite, el azúcar; luego, la cocaína y la morfina, que era lo que entonces se llevaba. Y la penicilina, tan difícil de conseguir. Después ya los camiones, las licencias, las divisas, los permisos de exportación, esas cosillas, ya me entiendes.

YENI.—¿Es que entonces ya había corrupción?

MARÍA.—Huy, si había. Es que no había otra cosa.

YENI.—Pero como ahora desde luego que no. Mi novio, que es policía...

MARÍA.—Ah, tienes novio.

YENI.—Sí, y estoy muy empalmada. *(Gesto de sorpresa de* MARÍA.)

MARÍA.—¿Tú o tu novio?

YENI.—Los dos. Mi novio me ha jurado que él es el único decente de toda la promoción.

MARÍA.—Pues, si es verdad lo que sospecho, cómo estará el Cuerpo de Policía, hija.

YENI.—Tú es que aquí metida estás en orsai.

MARÍA.—Eso será... Pero yo lo único que echo de menos no es la corrupción, es el campo, ya ves. Ahí mismo, como quien dice al alcance de la mano, sin que me diera cuenta en todos estos años. Y ahora, ¿qué? Hazme caso, vete tú al campo. Ahora mismo, sin perder tiempo. Coge la burra y vete. No hagas lo que yo.

YENI.—Pero ¿qué se me ha perdido a mí en el campo?

MARÍA.—*(Embobada.)* Mi padre tenía deformado el cuerpo de trabajar la tierra, y mi madre, también: con su cintura ancha y encorvada. Él andaba con las piernas torcidas, y la mancera del arado le había acabado por levantar este hombro.

YENI.—¿Qué es un arado?

MARÍA.—Una cosa del campo. De tanto segar, se le habían separado las rodillas, por plantar mejor los pies entre los surcos...

YENI.—Pero ¿qué son los surcos?

MARÍA.—Hija, pareces lela: cosas que hay en el campo... Y tenía las manos anchas, y los dedos cortos lo mismo que morcillas... Por tu abuela, no me preguntes lo que son morcillas... Te acariciaba y te arañaba: un desastre. Yo prometí no trabajar nunca la tierra, tan ingrata. Y me fui, como tú. Pero, luego, muchísimas veces me he acordado. Las luces de los atardeceres, las lluvias de octubre, los olores de mayo...

YENI.—Pues mi abuela me dijo que naciste en la mismísima Alameda de Hércules, en mitad del cogollo de Sevilla, y que no te moviste de allí hasta que te trajeron a Madrid.

MARÍA.—¿Y a tu puñetera abuela qué le importa si yo quiero inventarme un pasado decente, o higiénico por lo menos? Porque joroba con lo que se respira en un café cantante... Me acuerdo de mi madre, que santa gloria haya, bregando a gañafadas con la miseria, «y con un grifo pá tos» como ella decía...

YENI.—También uchulaba mi abuela que a ninguna de pueblo la desvirga un señorito. Que siempre se lo hace con uno de su clase, y que al señorito lo que le toca es pagar los tiestos rotos. Que el primer capullo lo corta siempre una mano jardinera.

MARÍA.—Qué poética la puta de tu abuela.

YENI.—Pero las relaciones hoy ya se sabe: te gusto, me gustas, y al polvero.

MARÍA.—No presumas, ¿te enteras? No presumas, que me pones nerviosa. [Puede que, en mis tiempos —o sea, anteayer—, las tontas, que eran la mayoría, se conformaran con miradas lánguidas y dejarse besar la punta de los dedos. Y luego una orejita, entre mucha conversación para que el pollo no se fuera... Yo detesto a la gente que se aburre por virtuosa. La virtud o es alegre o es el timo de la estampita. Al virtuoso triste nadie le agradece nada. Desde luego, ni Dios.

YENI.—*(Admirada.)* Yo es que no te entiendo. Le pegas a la alpargata de una forma...

MARÍA.—A mí me va a dar algo: ¿es que hablo chino?... Yo no era como esas cursis. Yo siempre he sabido con quién me jugaba los cuartos: cuál era un hombre para la cama y cuál para pagar facturas. El de la cama, a la cama, y el otro, a apoquinar. Nunca me gustaron los parapoco. Los fililíes, a casa de su madre. ¿Me comprendes?

YENI.—Nasti de nasti.

MARÍA.—] Yo he mandado en mi cuerpo, que para eso era mío. Siempre hice lo que me pidió mi cuerpo, y como mucho, lo que me pidió el de otro. Mira, los hombres son muy diferentes. Aunque pueden reducirse a cuatro tipos: los entusiastas, que dan mucho de sí, los corrientes, los tímidos y los suavones, que son casi como nosotras. *(Bebe.)* Según la clase en que nazcan o la instrucción que les den. *(Sufre una especie de arcada.)*

YENI.—No mames más, que te vas a tragar la lengua.

MARÍA.—*(Ya a medios pelos, o quizá lo finge.)* La fuente es el agua de la vida... O al revés: el agua es la fuente de la vida... Sin embargo, a mí lo que más me gusta no es beber, es vivir. Todo el mundo se muere; pero no hay regla sin excepción... [Como te iba diciendo], con nosotras las mujeres no ocurre lo que con los hombres: nuestro papel es muy pequeño.

YENI.—Eso será el tuyo, que estás aquí como una salamandra. Yo me lo paso teta.

MARÍA.—Como sigas diciendo idioteces me dará un síncope.

YENI.—Pero ¿tú de qué vas? Ahora lo que dan son infartos.

MARÍA.—*(A lo suyo.)* Nuestras posibilidades como hembras son mínimas. Da igual la clase en que nazcamos. Por eso podemos entendernos tan bien unas con otras. Fíjate, sin ir más lejos, tú y yo.

YENI.—*(Sin demasiado optimismo.)* Sí, naturaca.

MARÍA.—Y las putas que se casan, qué buen papel hacen. Tu abuela por ejemplo. Y tu madre. Porque se adaptan. Entre nosotras no existen clases sociales, existen sólo hombres distintos. Si somos algo, lo que sea, es por el hombre que se casa con nosotras... o que nos apadrina.

YENI.—Una mierda. ¿Quien se casa con un camello es una camella? ¿Y quien se casa con un policía...?

MARÍA.—*(La interrumpe.)* Por descontado.

YENI.—Óyeme, tía. No sé qué será peor: si empezar el asunto demasiado pronto o terminarlo demasiado tarde.

MARÍA.—¿Hablas de beber o de acostarse?

YENI.—Hablo de follar, joder.

MARÍA.—No lo dirás por mí, que llevo sola un siglo.

YENI.—Sí, pero mirando por el espejo retrovisor, ¿no te amola?

MARÍA.—[Cuando un hombre pretende a una mujer es porque ella quiere que la pretendan. Ya está decidida; no hay que hacerle esperar. Cuántas precauciones inútiles... Ahora sois más prácticas... Porque después ya sólo quedan alegrías remotas: muchos recuerdos y ninguna esperanza.] Qué corta la vida cuando transcurre en una habitación. Ayer mismo yo tenía tu edad...

YENI.—Pues hay que ver cómo has amanecido.

MARÍA.—No, no necesito mirar atrás para verme igual que tú eres hoy. Sentada aquí, alzo los ojos y veo un anochecer en una playa del sur... Ay, cuánto habré cavilado... Y las manos de un hombre a quien amé... Veo un traje que me hicieron de niña, que era horrible. Y recuerdo el olor de una colonia con la que me restregaron una vez la cara porque iba a venir alguien... No siempre estuve sola... Alguna tarde subo al desván...

YENI.—¿Con la silla?

MARÍA.—Sí, ¿qué pasa? Con la silla eléctrica si me da la gana... *(Bebe.)* La fuente es el agua de la vida... Subo al desván y veo trajes viejos, una guitarra con las cuerdas saltadas, un sombrero de ala ancha destrozado, y se me pone en pie lo que significaban y para qué sirvieron... A ti lo que te pasa es que no te orientas: entras y sales encima de una moto, ya ves.

YENI.—Quizá estoy almacenando recuerdos para luego renaquelarlos despacito de uno en uno...

MARÍA.—Te falta tiempo para todo, ¿a que sí?, porque tienes todo el tiempo del mundo. A mí, que ya no me queda, me pasa al revés: me sobra tiempo. Tú, entre carrera y carrera de moto, gastas la vida sin darle importancia. Y yo no tengo otro quehacer que vivirla hasta lo más hondo, pero dándome cuenta de que apenas me queda.

YENI.—*(Asombrada realmente.)* Guau. Eres la releche, tía.

MARÍA.—Gracias.

YENI.—Ahora sí estoy pelín mareada, ¿ves? De la conversación. Voy a tomarme una copita de eso. Por estar a tu altura nada más.

MARÍA.—No me tienes que dar explicaciones. *(Le sirve.)*

YENI.—Qué cosa tan repelente. A ver otro poco... *(Le vuelve a servir* MARÍA.)

MARÍA.—Todo lo bueno y lo malo que se hace en esta vida —mira dentro de ti— se hace por no estar solo. Hasta que una se da cuenta de que la soledad es incurable, y entonces no hace ya nada: se queda quieta en su café cantante, sentadaza como una boba, en donde florecieron las risas, las voces, los zapateados, los besos, los taponazos de champán... Todo falso. Todo el mundo está solo. Menos los tontos, que también están solos, pero que no se enteran. Por eso hay que atontarse un poco. Para eso sirven el anís, y el sueño, y la monotonía... Y también el amor, ¿me vas siguiendo?

YENI.—Desde luego que no.

MARÍA.—Creo que sí, creo que sí... He tenido demasiados años para pensar. Por no aburrirme sólo, ¿eh?, maldita sea su estampa, porque lo que es pensar, a mí... Ahora mismo, pongo por caso,

¿qué entiendes por esto que te digo? ¿Qué te figuras? ¿Te da risa? ¿Me desprecias? ¿Qué opinas de mí? ¿Cómo podré saberlo?

YENI.—Preguntándomelo.

MARÍA.—Pero ¿me dirás la verdad? ¿Te la estoy diciendo yo a ti ahora? Cuánta distancia hay entre tú y yo... (YENI *se le acerca.)* Creerás que estoy loca.

YENI.—Loca, no, un poco pedo. Y pegas cada vara... *(Mira hacia el patio.)*

MARÍA.—Te preguntarás: ¿qué me dice esta tía? El día que lo adivines y te acerques y me digas «te comprendo, María», entonces podríamos ser casi felices. Quizá. Aunque no me comprendieses del todo. Las personas somos así.

YENI.—En eso estoy de acuerdo.

MARÍA.—¿En qué?

YENI.—A mí qué me dices, colega. Yo qué sé. Yo estoy como en el cine.

MARÍA.—Miras mucho al jardín. No te preocupes: la moto está segura.

YENI.—Es que me está entrando sueño.

MARÍA.—Claro, pobre, estarás agotada. Tantas horas con la moto a cuestas. Desde Almería, ¿o no?

YENI.—No, vengo... desde Aranjuez, o así.

MARÍA.—Ya... Anda, ayúdame antes a acostarme. Hace días que duermo en esta jodida silla. Un potro de tortura. Estoy baldada... *(Hacen lo que va diciendo* MARÍA.) Cógeme primero por las axilas.

YENI.—Dirás por los sobacos.

MARÍA.—Así. Pon atención, que me puedo romper. Tengo también osteoporosis, y muchas otras cosas más... Ay, ay... Con cuidado... No creo que llegue a la primavera. Con lo bonito que podíamos haber puesto el jardín. La moto la dejarás desde mañana a la entrada, apoyada en la barra del bar.

YENI.—¿Eso de ahí es un bar?

MARÍA.—Sí, de secano, pero un bar... Primero, siéntame. Así... ahora levántame las piernas, y ponme la cabeza en la almohada... Ay, qué gusto estar tumbada de una vez,

YENI.—*(Molida.)* De una vez, no: llevamos media hora. Estoy rajada.

MARÍA.—Tráeme ese bote de somnífero... Ese, gracias. Y aquel, el otro... La botella, mujer. Para no sentirme sola entre sueños... *(Del bolso de malla de plata que lleva siempre colgado al cuello saca un mechero y enciende una vela.)* Apaga la luz antes de subir a tu dormitorio, guapa. Y bienvenida seas... Ah, oye, ¿tú cómo te llamas? Me has dicho los nombres de toda tu parentela, pero no el tuyo,

YENI.—Yeni.

MARÍA.—¿Y eso de dónde viene? Bueno, y adónde va, porque anda que...

YENI.—De Jeniffer.

MARÍA.—Si lo sé, no te lo pregunto. Qué hija de la gran chingada tu madre. Mira que ponerle eso a una niña indefensa. (YENI *desaparece por la escalera.* MARÍA *se incorpora y apaga la vela. En el pa-*

tio asoma una linterna. MARÍA *se hace la dormida. Baja* YENI. *La observa con atención. Se acerca al patio. Se adivina la sombra de un hombre que sale a su encuentro.* MARÍA *se levanta con agilidad. Presencia la escena. Al coger la pistola de donde la dejó* YENI *hace un ruido. Se vuelve* YENI *y se oculta el hombre. Las dos mujeres están frente a frente,* MARÍA *con la pistola en la mano.)*

MARÍA.—Huy, fíjate, me he puesto de pie sin darme cuenta. Es un milagro, ¿eh? Ya te dije que te mandaba Dios... Hay días en que me encuentro un poco mejorcita.

YENI.—Me alegro. Yo iba a recoger este libro de la moto. *(En efecto, tiene uno en las manos.)* Si no leo, no consigo dormir.

MARÍA.—Lo mismo me pasa a mí, pero con el anís. Qué bien, qué culta. *(Mira el libro.)* «Fontanería práctica»... Ea, pues vamos a departir otro ratito hasta que nos entre el sueño otra vez, ¿no? ¿Quieres beber un sorbito para celebrar mi mejoría?

YENI.—Por no despreciarlo. Mañana traeré whisky y unas litronas.

MARÍA.—Guarrerías. Así se echa la gente a perder los estómagos... *(Pausa tensa.)* Me encantaría saber qué es lo que pasa fuera. Porque la pobre Encarna no me contaba nada: bastante tenía con lo suyo... Una curiosidad tengo yo, pero no me atrevo a preguntarle a nadie que no sea de muchísima confianza.

YENI.—Tú dirás. No es que yo ande muy al loro...

MARÍA.—Al loro y al águila real andas tú. *(Baja la voz.)* Hija, ¿se ha muerto Franco o no se ha muerto Franco?

YENI.—*(Aliviada.)* Yo qué sé quién es ese Franco de los cojones. Algo he oído hablar de él, creo.

MARÍA.—¿Mal o bien?

YENI.—Supermal y superbién, las dos cosas, según; pero a gente de garrafón, tía.

MARÍA.—Yo bailé en La Granja cuando Franco ya estaba algo chochito. Y como le dijeron que *La Talismana* traía suerte, el muy rijoso me tocaba... Yo es que he sido más de derechas que la Divina Pastora. Pero de boquilla: no me tiraban a mí los señorones. Yo soy cosa del gentío y de la revolera. Estos días me he decidido a ser de izquierdas, y que Dios me ampare... En aquel tiempo me pretendió un general que era tuerto, manco y cojo, ya ves qué regocijo. De la Legión. Y cuando venía, acordonaban toda la manzana. Pero yo, ahora, de izquierdas, ¿qué te parece?

YENI.—Con un par. A mí me la suda el tema. Aunque sé que de lo que se habla mucho ahora es de democracia y de solidaridad.

MARÍA.—¿Y qué vienen a ser esas palabras?

YENI.—Pues que quien manda es la gente; pero en su nombre hay unos que hacen y deshacen. Total, un tacho. Yo paso tela de eso... Y también que todos somos iguales para todo.

MARÍA.—Ay, eso sí que no. Verbigracia, mira tú y yo: no tenemos más que una cosa en común, que somos mujeres... Claro, que es la más importante; pero en lo demás...

YENI.—Y también que la gente es libre.

MARÍA.—¿De qué?

YENI.—Libre, lo que se dice libre superlibre. Yo qué sé.

MARÍA.—Y yo que creí que las cosas no podían ir a peor... Me equivoqué. Niña, a cada cual lo suyo. La libertad que a mí me interesaba ya la tuve. Si ahora tengo que enfrentarme con la de los demás, aviada voy.

YENI.—A mí me da una soñarra la política... Ya me estoy clapando.

MARÍA.—Y yo también: dentro de mi habla, no faltaba más... ¿Por qué seguiré queriendo yo a esta tierra la mande quien la mande? La madre que la parió, qué delito tengo. Y qué sueño tan grande. *(Bostezan, no sabemos si con sinceridad.)* Hala, pues buenas noches. Yo apago aquí, como ya estoy de pie... A mí lo que me gusta más en el mundo es trasnochar: toda la vida en un café cantante, que se dice muy pronto...

YENI.—*(Desde la escalera.)* Buenas noches. Hasta mañana mismo. (MARÍA *se acuesta. Da un sorbito de anís. Se pone un walkman que saca del bolso de malla. Lleva el ritmo, incluso tararea. Enseguida adivina que* YENI *vuelve a bajar. Se quita los auriculares y deja caer la cabeza, aparentemente borracha.* YENI, *en efecto, baja y la mira.)* Qué aguante tiene la tía, será pingona... *(Se acerca al patio. Abre la puerta. Busca a alguien con los ojos.)* Sebastián. Sebastián.

MARÍA.—*(Afirmando con la cabeza y como para sí.)* Lo que yo suponía.

CUADRO SEGUNDO

Se perciben algunos cambios en la escena. Hay mayor orden, más limpieza. Sin embargo, casi en medio, vemos una maleta que no había. YENI *está haciéndole la manicura a* MARÍA.

YENI.—Hay bastante gente disfrazada por las calles. Como es Martes de Carnaval...

MARÍA.—En mi juventud, tan próxima, los carnavales estaban prohibidos, y, cuando los permitieron, la que estaba prohibida era yo... *(Da un alarido.)*

YENI.—¿Te he hecho daño?

MARÍA.—No, simplemente me has sacado una uña, cirujana.

YENI.—Qué manos tan vacilonas. Y qué suaves. Me flipan. Cómo se ve que no has dado ni un palo al agua.

MARÍA.—Bordar paños de altar, quién me lo hubiera dicho... Yo, que alzaba así las manos y eran dos palomas volando. Los ruiseñores me aplaudían, y galopaban, como caballos salvajes, por las venas de mis devotos los delirios de la sangre... Eso me dijo el rey Abdula la noche que me vio.

YENI.—¿Y qué le contestaste?

MARÍA.—Pues le dije al intérprete: «Servidora no folla». Porque tú ya sabes: esos moros en cuanto empiezan a alabar la mercancía, o es que quieren venderla, o es que quieren llevársela sin pagar... *(Por las manos.)* Qué descuidadas las tenía... Las tuyas tampoco están mal. *(Despectiva.)* Como artista de la manicura, se entiende. Podías colocarte en una barbería.

YENI.—Vaya un porvenir.

MARÍA.—Es que los hombres dan mejores propinas. Y además acabarías por casarte estupendamente. Porque eres hasta mona, ya ves tú. Yo te encuentro mona.

YENI.—Muchas gracias. Tómate algo... Lo que no entra en mis cálculos es casarme.

MARÍA.—¿Ni con tu novio? (YENI *le sostiene la mirada.)* Si yo fuese tú en este instante, sentadita ahí donde estás, haciéndole las manos a una emperadora, lo meditaría muy bien. Ni bailes en los cafés cantantes, ni vaivén de hombres alrededor, ni tiroteos, ni quite usted esa mano, ni venta a escondidillas de nada: un buen marido para toda la vida. De los de antes, de esos que se lavan y se estrenan... Yo no. Yo que tú, me habría casado con ese comerciante que tanto te repugnaba. Qué me importa a mí lo que se me suba en lo alto. Yo, a cerrar los ojos y a pensar en mis cosas. Una casa grande, con sus flores, con sus niños, con sus criadas si se tercia, con sus langostinos, con su calefacción... Y el respeto: «Adiós, doña María», «Buenas noches, doña María, ¿cómo está el pequeñín?» «Ya va mejor gracias»... Y misa los domingos, y paella y pasteles. Ay, qué satisfacción. Eso es vivir tranquila, no este campo a través, ni este perder el resuello en cuanto se oye una llamada. *(Suena el teléfono.)* Si antes lo digo, antes suena el cabrón. *(Se levanta y lo coge.)* Nadie. Cuelgan, y es la tercera vez. Quién será el hijo de la gran mezquita. *(Va de nuevo a la mesa.)* Tú sigue, linda. Qué difícil se me hace llamarte Yeni. ¿De dónde me dijiste que venía?

YENI.—Te dije que de Jeniffer, pero lo fetén es que viene de Eugenia.

MARÍA.—Pues no lo ocultes más, menuda diferencia.

YENI.—A la basca le daban agujetas de reírse: Eugenia es nombre de reina. Y de emperatriz.

MARÍA.—Lo que yo he sido. Yo tenía por ahí y por ahí... *(Señala las mesas de alrededor.)* los hombres embebidos en mi cuerpo, sedientos y bebiendo de mi cuerpo como de un aguardiente que no se puede aguantar. Yo les he gustado mucho siempre a los mariquitas, a los comunistas de contramano, a las marquesas, a los limpiabotas, a los sinvergüenzas, a los toreros, a los cómicos, a las perdidas, a los insomnes, a las buenas mujeres, a las peores, a los filósofos, a los curas, a los gobernadores civiles, a los sargentos patateros y hasta a los catalanes, que ya es mérito... Ahí tengo un álbum así de gordo con recortes de prensa. Y no están todos.

YENI.—Tú debiste de ser en tu época como un ultra-mega-hiper-super-mix de hoy.

MARÍA.—*(Sin entender nada.)* Mira, puede, ahora que lo dices.

YENI.—Pero ¿en qué quedamos: quieres ser la mujer de un comerciante o una superestar llena de *groopies?*

MARÍA.—*(Suspira.)* A qué viene decir lo que querría. Ya no está el alcacel para zampoñas. Se me está yendo el sol por los bardales.

YENI.—Hablas de un modo que yo te miro la boca y sé que eres tú la que hablas, pero no entiendo ni mu: deberían doblarte... Déjate de chochadas. Tú en estas manos tienes que haber llevado buenas pulseras, buenos anillos, con lo que ayuda eso. Cada uno que bebiera de *tu aguardiente que no se podía aguantar* te metería una joyita en la botella.

MARÍA.—Ay, eso ni mencionarlo. Todo se lo llevó la trampa, esa harapienta. Cuatro bisuterías es lo que me queda. Con la artillería despampanante que me colgaba por aquí y por aquí *(Señala su escote y sus muñecas.)*, que deslumbraba al mundo. La vida es una gusarapa que le sorbe el corazón a las naranjas. Ahora, la de una bailaora es peor vida todavía: pan para hoy y hambre para mañana. Yo estoy ya en el mañana... No, si bailar es muy sencillito y está muy bien pagado. Tú empiezas a levantar los brazos a los cuatro años, y a los setenta y tres, que no es que yo los tenga ni muchísimo menos, tienes que seguir ensayando para levantar los brazos y los años como es debido. [Día por día. De las horas de sudor nadie echa cuentas. Y así tiene que ser: si alguien se entera del esfuerzo, malo...] *(Con pésima intención.)* Pero a quién se lo digo: bien lo sabes tú por tu abuela y por tu madre y por tus tías y por todas las suripantas de tu familia, que es la de San Pascual Bailón.

YENI.—Así que no heredaré nada. Qué ful. Lo que no me explico entonces es por qué te llamaban *La Talismana.*

MARÍA.—*(En pie de un salto.)* Porque traía suerte. Porque la traigo aún en todo lo que toco. Menos a mí misma, a todo el que estuvo al alcance del ruedo de mi falda le traje la buena ventura. *(Se acerca al espejo grande.)* Tú estás muy confundida. Tú no sabes con quién estás tratando... Qué sucio está este espejo, coño... Crees que dependo de ti porque eres la única persona con la que puedo hablar. *(Risa falsa.)* Ya, ya. Llevo años y años hablando conmigo. Me pongo aquí delante y me hablo. Atiende... *(En efecto se habla y se contesta en el espejo durante toda esta escena.)* «Cuidado, *Talismana,* con la pequeñaja esa, que viene a chuparte la sangre que te queda de acuerdo con el que ya te chupó mucha.» «¿Tú crees entonces que no debo fiarme?» «Qué cándida eres. No has aprendido con los años. [Con cien ojos tienes que hacer la guardia.] Esa viene a quitarte de en medio y suplantarte.»

YENI.—*(Con una risa no menos falsa.)* Pero tú siempre acabas por darte la razón. Y yo puedo llevarte la contraria hasta el hueso.

MARÍA.—También yo. *(En el espejo.)* «¿Sabes lo que te digo? Que una pasa no es un higo. Y que mi Yeni puede ser lo que quieras, pero es muy cariñosa y no tiene doblez.» «Tú eres tonta de capirote. Doblez es lo único que tiene. Te ha dado la vuelta como a un calcetín viejo.» «Qué fino te quedó... "No me mortifiques más / que soy como aquel barquito, / que aguanta las oleás".»

YENI.—*(Ríe.)* [Sí, pero yo puedo odiarte. Y la verdad es que te odio. Cada día más.

MARÍA.—¿Más que yo? De ninguna manera. *(En el espejo.)* «Ojalá te la jueguen, *Talismana,* varilarguera. Toda tu puta vida presumiendo de lista y poderosa, y ahora te ves encerrada por los pecados que has cometido y la sangre que derramaste. Delincuente, asesina. En prisiones militares, porque peor que la Inquisición es para ti este cafetucho arruinado. Y me alegro.»

YENI.—] Eso son muecas y palique. Lo que no puedes hacer es abuchararte tú sola, tenerte en vilo, no saber ya ni con quién te estás jugando los cuartos.

MARÍA.—No tengo cuartos, así que...

YENI.—*(Guardando los instrumentos en su estuche de manicura.)* Contigo, tires por donde tires, te pilla Ramírez: no se puede hacer más que darle a la torra.

MARÍA.—Para eso estás aquí según tú, para distraerme, ¿no? Pues esta es la manera: tú me distraes y yo discuto.

YENI.—[Sólo en una cosa estamos de acuerdo.

MARÍA.—*(Irónica.)* Qué ilusión, ¿cuál es?

YENI.—Que cada una tiene absolutamente toda la razón.

MARÍA.—Ni en eso.

YENI.—Quieres decir que a veces reconoces que la tengo yo.

MARÍA.—Quiero decir que en general no la tenemos ninguna de las dos. *(Comienzan una frase las dos a la vez, y se callan las dos.)*

YENI.—¿Qué ibas a decir?

MARÍA.—Nada, que esto del zigzagueo y del rencor, esto de las antípodas no nos va a llevar a ningún sitio. Y me aburre. Deberíamos ensayar un trato sencillito: vivir en paz, sin grandes pasiones ni grandes amistades. Estar juntas, estudiar cada una el idioma de la otra... No creo que sea difícil.] Para empezar, ¿por qué no tomamos un café?

YENI.—Porque a mí no me gusta.

MARÍA.—Haz un esfuerzo, hija. Es que a ti no te gusta nada. En este país todo se arreglaba antes a la vera de un café.

YENI.—Bueno, lo intentaré. *(Se sientan con la cafetera en medio.)* Yo siempre he tomado leche con cosas.

MARÍA.—*(Va a por leche.)* Pues se te sirve leche, no te preocupes. Yo, solo.

YENI.—Le pondré azúcar. *(Prácticamente vacía el azucarero.)*

MARÍA.—Qué atrocidad. Eso es jarabe. Si pones la cucharilla en pie, se sostendrá. Y te saldrán lombrices. Yo no tengo posición para mantener semejantes cafés.

YENI.—Tómatelo tú como quieras y déjame a mí en paz.

MARÍA.—En Cuba se toma el café solo y frío, y allí sí que saben —o sabían— cómo se toma el café.

YENI.—¿A mí qué me importa cómo se toma en Cuba? Ni siquiera me importa cómo lo tomas tú.

MARÍA.—A ti es que no te importa nada. Tú eres una niña pitonga, malmandada y ordinaria.

YENI.—Y tú una vieja pelleja.

MARÍA.—¿Qué me has dicho?

YENI.—No lo sé. Ya no quiero café.

MARÍA.—Ni yo tampoco. *(Se bebe el suyo de un trago.)* Contigo no se puede.

YENI.—*(Después de una pausa.)* ¿Y si el secreto estuviese en que nos diéramos igual?

MARÍA.—Te refieres a la indiferencia. [Vamos a ver... Yo empiezo. *(Toma un aire de divinidad altanera.)*

YENI.—¿Te gusta cómo te he dejado las manos?

MARÍA.—*(Se encoge de hombros.)* Ya las tenía estupendamente arregladas. *(Pequeña pausa.)* ¿Dónde estuviste anoche? Recuerdo como entre nubes que te oí salir.

YENI.—*(Finge displicencia.)* ¿Dónde estuve, dónde estuve...? Ah, ya: tomando un batido en la cafetería de al lado... Me parece.

MARÍA.—*(Auténtica.)* Pues debiste tomar diecinueve o veinte batidos, porque no llegaste hasta la madrugada.

YENI.—Llegué cuando me salió del chichipirri.

MARÍA.—Eres una mariverdiales más basta que un serón.

YENI.—Y tú un guardia civil retirado.

MARÍA.—¿Yo?

YENI.—Tú. Con un bigote que te llega a las tetas.

MARÍA.—*(Transición brusca.)* No creo que lo de la indiferencia haya sido un éxito.

YENI.—Esto va de palo. Lo único que ya nos falta por probar es acostarnos juntas.

MARÍA.—Para acabar a puñalada limpia. Sí que eso de la cama es una garantía de neutralidad.

YENI.—Entonces, ¿qué hacemos para no pelearnos?

MARÍA.—Nada. Nada]: estarnos quietas y un poquito calladas. Y pensando cada una en lo suyo, que ya es bastante. A lo mejor precisamente en eso consiste convivir. *(Una pausa.* MARÍA *se levanta, pa-*

sea, va hacia el patio. Tono ensimismado.) Qué mañana tan hermosa.

YENI.—*(Cerca de ella.)* Y qué olor a churros entra por el patio.

MARÍA.—*(Herida.)* El patio o el jardín, que de ambas maneras puede llamarse... Las rosas estarán ya despertando en los parques y desabrochándose el corpiño. Embriagador.

YENI.—*(Aquiescente, en el mismo tono.)* Embriagador.

MARÍA.—Me rebosa en el pecho la esperanza.

YENI.—Y a mí me rebosa en el pecho la felicidad.

MARÍA.—*(Cambio brusquísimo.)* ¿Ves? Vete al carajo. Destarifada, que tienes que ser tú más que nadie: ¡felicidad!

YENI.—Yo era por seguirte, pero en fin, si no quieres...

MARÍA.—*(Otro cambio.)* No, si tienes razón. (YENI *se asombra.)* Sí, señora, tienes razón. Y estoy encantadísima. Toda mi vida he deseado que alguien a mi lado tuviese la razón, y descansar de tenerla yo de una maldita vez. No lo había conseguido hasta ahora. Qué alegría me da.

YENI.—¿El qué te da alegría?

MARÍA.—No empieces... Que seas tú la que tienes razón.

YENI.—*(Alarmada.)* ¿Te encuentras bien esta mañana?

MARÍA.—Mejor que nunca. Es que estoy a punto

de la convivencia, que es algo maravilloso. ¿Tú no te sientes convivida conmigo en este deteriorado café?

YENI.—Pues, ahora que lo dices, no.

MARÍA.—¿Ni siquiera si te repito que tienes la razón?

YENI.—Es que no sé en qué la tengo.

MARÍA.—En todo.

YENI.—En ese caso, te doy la razón yo a ti.

MARÍA.—Pero si te digo que la tienes tú.

YENI.—Por eso: tienes razón al decir que yo tengo razón.

MARÍA.—Qué bien, qué fácil: tenemos por fin razón las dos. Sin duda esto nuestro es a lo que por ahí llaman compenetrarse, o sea, entrejoder... Ea, voy a trabajar un poquito. *(Tararea animosa, toma su bastidor mientras* YENI *limpia el espejo, también tarareando, cada una su música.)* La verdad es que nadie quiere a nadie. Lo que la gente quiere es que la quieran. El amor, sea el que sea, es un balancín: uno está arriba y el otro abajo. Uno necesita estar arriba y el otro tiene que estar abajo. Peor: uno necesita que el otro esté abajo para estar uno arriba.

YENI.—Qué lío. Me mareo con tanto sube y baja.

MARÍA.—Un lío muy gordo.

YENI.—Tú me tienes algún afecto, ¿no es verdad?

MARÍA.—Ya sé por dónde vas. Ninguno. *(Un desplante.)* «¿Quieres que te quiera yo? / Que te quiera tu marido / que tiene la obligación.»

YENI.—*(Señala en su dedo índice.)* Un poquito así, en el fondo.

MARÍA.—Ni en el fondo ni en ningún otro sitio. He sufrido mucho por querer ciertas cosas. Ya no quiero nada ni a nadie. Ni al dolor, ni a la dicha, ni a la agradable y homicida urgencia de tener a alguien cerca.

YENI.—*(Limpiando todavía.)* Yo a ti sí que te he tomado afecto.

MARÍA.—Qué peligro. Mentira... Esta mañana, al despertarme, he dicho: «Ya está aquí esta pesada, la de todos los días. Me va a largar el rollo macabeo de siempre. Qué coñazo. Y lo malo es que no puedo salir de ella.»

YENI.—¿Así hablabas de mí?

MARÍA.—Qué va. Eso tendría remedio. Lo decía de mí, que es más grave.

YENI.—Hasta para lo malo eres egoísta, ¿lo ves? Piensas sólo en ti misma.

MARÍA.—¿Cómo no voy a ser egoísta, desgraciada? No veo el mundo más que con estos ojos. Soy su centro, su ombligo. ¿O te crees que el ombligo eres tú? Todo pasa a través mío; yo soy el colador de todo. El amor, si no lo padezco o no lo gozo yo, no existe... Claro que soy importante. Si soy lo único que me importa, ¿cómo no voy a serlo?

YENI.—¿Qué sabrás tú de amor? Siempre hablas de los hombres que te amaron, no de los que tú amaste. En vez de La Talismana debieron llamarte La Petenera.

MARÍA.—Lagarto, lagarto. No mientes la bicha.

YENI.—¿A quién has amado tú? Dilo.

MARÍA.—Quieres saber la pasión que me emborrachó, el vino amargo que me quemó y que me desoló... Ay, qué penita pena. No olvides lo que voy a decirte. Me aseguró un cliente antiguo que la venganza es un plato que se come mejor frío. El amor, sin embargo, es un plato que o se come caliente o no se come. Frío no hay quien lo trague.

YENI.—Ahí hay mucho evangelio. A mí lo que más me moja es sentir el calor de un hombre a través de la ropa. El desnudo es otra cosa, ya se sabe; pero donde se ponga un hombre vestido despidiendo calor.

MARÍA.—Qué calientapollas. Ponle unos pantalones a un radiador y ya tienes bastante. Más ingenua eres...

YENI.—*(Canturrea.)* Que me voy de camino, / de camino me voy. / Adudú, adudú adudú. *(Repite.)*

MARÍA.—Qué letra tan interesante.

YENI.—Si te parece, voy a cantar esas cursiladas de cuplés que tú cantas. En la primera estrofa, todo va bien; en la segunda, o se ha muerto alguien, o lo han matado, o ella tiene un niño de soltera. *(Enmudece de pronto.)*

MARÍA.—Los tópicos, ¿no? Los tópicos, ea. ¿Qué son los tópicos, so leche? La verdad verdadera. Ay, mi España. [Mi España, que hace tanto que no la veo... El extranjero a mí no me interesa. Ni adudú,

adudú, ni nada. Pude irme y no quise. Los españoles, al extranjero, o vamos en plan conquistadores, o no vamos. Yo he nacido debajo de este cielo aunque esté aquí arrinconada como una rata de clausura.] Para ser extranjero hay que estar loco. Y eso que tú cantas no me suena a mí a vida. *(Una transición.)* No es que yo vea mal estar enamorada. Incluso lo veo grato y ameno. Pero estar perdidamente enamorada es un negocio atroz: nunca sale. (YENI *ha dejado de limpiar.)*

YENI.—¿Los hombres siempre tienen arrancadas de caballo y paradas de burro?

MARÍA.—No dejes que nadie te lleve por la calle de la amargura. Por las malas, ni por pienso, pero tampoco por las buenas. No seas esclava de nadie ni víctima de nadie. Ese es mi lema.

YENI.—¿Tu qué?

MARÍA.—Mi lema, niña, así se dice. [Quítate de la boca el anzuelo si no quieres echar las tripas fuera como el pez de cuando eras chica...] Si te quieres tirar a un hombre, tíratelo; pero si lo que quieres es mucho más que eso, mejor es que lo mandes a tomar por saco. Deslígate, chiquilla... Te lo participo: las cuatro gordas que a mí me quedan para acabar mi vida no me las vais a quitar ni tú ni él.

YENI.—¿Qué es lo que dices? Tú estás mal de la azotea.

MARÍA.—Es un suponer, una disquisición, un verbigracia... *(En medio de su escena, un tropiezo con la maleta le echa la zancadilla.)* Joder con la maleta de los huevos. ¿Qué tiene esto?

YENI.—Ropa mía que traje anoche. *(La retira.)*

MARÍA.—Anoche, lo que se dice anoche... Esta mañana.

[YENI.—*(Un cambio.)* Desde ayer me estoy yo preguntando si se habrá muerto ese Franco que dijiste.

MARÍA.—Puede que sí, puede que no. A mí ya, plin. Me queda poco tiempo, y el que me queda lo voy a vivir como me salga del empeine. Que es lo que deberían hacer todos. Aprende tú, y aprovéchate. Porque yo no sé si estoy ya para inspirar pasiones...

YENI.—¿El miedo no es una pasión? Tú miedo sí que das.

MARÍA.—Cabrona... El corazón de una mujer nunca envejece. Las diosas no tenemos edad. (YENI *suelta una carcajada. Transición.)* Lo que pasa es que cuando se pierde la esperanza de ser amada, o de volver a serlo, la vida es una tomadura de pelo... Por supuesto que no es mi caso.]

YENI.—Nunca me has contado si te casaste alguna vez.

MARÍA.—Me casé. Claro que me casé. Me puse burra y me casé. Menuda es una española cuando se le mete aquí *(Mira* YENI *y* MARÍA *cambia la dirección de la mano.)* aquí *(En el entrecejo.)* casarse. Entre ceja y ceja, guapa. No hay quien pueda con ella. Me casé. A la semana siguiente se fue mi marido por la puerta y no lo he vuelto a ver. Ni en sueños, lo confieso. Y, de no haberse ido él, me habría ido yo. Era muy suelto de lengua, sobre todo para insultar. No te digo más que un día me llamó excéntrica y extemporánea. Un miércoles. Y eso ya no lo soporté.

YENI.—¿Qué significa excéntrica y extenloquesea?

MARÍA.—No lo sé. Por eso no lo pude soportar.

YENI.—Qué poca paciencia. Un marido no es un helado, mujer: ahora quiero este, ahora quiero aquel.

MARÍA.—Por eso yo no quiero maridos, quiero novios. Cuando yo iba del brazo del imbécil de mi marido, no dejaba de comparar sus escaseces secretas con las barbaridades de otros que se cruzaban... Yo he sido siempre muy decente; por eso, maridos para otras. Porque para mí el amor nunca fue un gusto sino un medio de vida... Ya te conté lo de mi Romualdo, aunque él era muy comprensivo. Y muy gordo, el cabrito. Por ahí anda.

YENI.—¿Es que todavía vive?

MARÍA.—No; pero por ahí anda. Yo sé lo que me digo... Los maridos son siempre peores que los novios.

YENI.—¿Aunque sean la misma persona?

MARÍA.—Aunque lo sean. Sin embargo, los novios son siempre menos útiles que los maridos.

YENI.—¿Aunque sean el mismo?

MARÍA.—Sí, cargante.

YENI.—Dependerá de para qué los quieras. Porque entre un polvo y arreglar un enchufe...

MARÍA.—Deténte. Tienes razón. *(Se ríen.)* En unos sanisidros quedé yo aquí con un novio torero que tenía. Era una tarde de corrida y, para sustituir a otro que se había caído del cartel, trajeron un torerito que empezaba y que también era novio mío. Qué día más malo pasé. Menos mal que los toros cogieron a mis dos novios. Fue una noche tranquila, sólo de pensar el alboroto que podía haberse armado... Ay, los novios: la sal de la tierra, las delicias del universo.

YENI.—Pues yo, al revés que tú, creo que el amor...

MARÍA.—*(La interrumpe.)* Déjame a mí de amores. ¿No ves que yo estoy acostumbrada a tratar con borrachos y con señoritos, pero además estoy acostumbrada a tratar con señoritos borrachos, que es lo peor del mundo? *(Se mueve entre las mesas del café, medio apartadas, medio cojas.)* En esta mesa me largó un navajazo un chulo y pegó en el aire. Aquí no tuve más remedio que romperle una botella en la sesera a uno que tiraba de pistola. Aquí un militar le descargó tal patada a un obispo vestido de paisano que le sacó el solideo por el colodrillo. Aquí un narcotraficante, esa cosa que parece que habéis inventado vosotros, le atizó una puñalada, en ajuste de cuentas, a otro con quien se estaba dando el pico. El acabóse. Amores... [Toda la crápula, toda la escoria que se aburre, todo el cardenillo del dinero. Una mezcla de horteras, de ricos averiados, de machos cabríos, de ladrones, de comicastros, de cabecitas locas y de tarambanas de buena familia.] Un batiburrillo de gente medio conocida y medio olvidada, medio respetada y medio hundida, medio honrada y medio fullera, medio pelandusca y medio alcahueta. Medio aprendices de la vida y medio desahuciados de ella, medio ricachones y medio tronados... Amores.

YENI.—¿Es que aquí no venía nadie entero?

MARÍA.—No, nadie, ni uno solo. España, hija, España, ¿qué le vamos a hacer? Mucho te quiero, perrito, pero pan, poquito. *(Suena el teléfono. Corren las dos. Lo coge* MARÍA.*)* Diga. *(Cuelga. Mira a* YENI.*)* No, nadie, ni uno solo.

YENI.—*(Haciéndole frente.)* Así entiendo que no sepas de amor. Ni un hombre a tu lado. No, nadie, ni uno solo.

MARÍA.—Sé mucho más que tú, ¿no ves que yo lo he visto desde fuera? Así es como se aprende. *(Mira hacia el teléfono.)* ¿Cómo te enamoró ese zángano? Él tiene mucha labia cuando quiere.

YENI.—No sé de qué me hablas.

MARÍA.—Claro que lo sabes. Ven aquí y siéntate. *(Se sientan a una mesa.)* Al principio parecen cosas de otro tiempo, cosas que ya no existen, frases que hemos oído por la radio. O leído en algún libro... Y de repente, el orbe tiembla a nuestro alrededor como si hubiésemos fumado costo, como si hubiera bruma. Y se cae el cielo encima de nosotros y lo tocamos con las manos, y andamos por encima de las nubes. Todo da un paso atrás. Todo es perfume, todo incendio... ¿Es así o no? (YENI *afirma con la cabeza.)* Y tú te ríes de las letras de los cuplés. Adududú, adududú: qué humano y qué emotivo... *(Cambia perceptiblemente la voz, y finge ser un hombre que le hace el amor a* YENI.) Te vi y amaneció. Hasta ese instante había andado a tientas. Lo veía todo oscuro. ¿Me crees? (YENI *se echa a reír nerviosamente y dice que no con la cabeza.)* Tus ojos son dos cuchillos que, en vez de cortar, besan; en cambio tus manos, tan dulces *(Se las coge.),* me cortan cuando me acarician. *(Entrelaza las manos.* YENI *vuelve a reír, más nerviosa.)* He cometido torpeza tras torpeza porque yo no te conocía. Mi vida no tenía ningún fin. Desde ahora todo va a ser distinto.

YENI.—*(Casi transportada.)* Estoy atacada. Todo es malo.

MARÍA.—Quiéreme y cambiará. Será distinto. Yo veré el mundo en tu technicolor y te lo contaré después. Iremos igual que dos niños cogidos de la mano por el bosque.

YENI.—*(Con emoción.)* No tiene nada arreglo.

MARÍA.—Di tú mi nombre como yo digo el tuyo: ese es mi talismán. Yeni digo y se me llena la boca de flores. Me muevo de otro modo, camino de otro modo. Estaba solo, ni siquiera me tenía a mí, y ahora estoy a tu lado y lleno de esperanza. Sobre tus hombros quiero hacer mi casa... No mires hacia atrás; hacia delante miraremos juntos. Ahora me asomo a tus ojos y veo lo que importa. Me veo a mí, chiquito y bueno, y la vida que va a empezar, también chica y contigo... ¿Sabes que tengo ganas de llorar? Nunca me había pasado. (YENI *suspira.)* [Tu cuerpo para mi cuerpo, y el olvido para lo que no seas tú. En tus labios quiero sembrar sonrisas, en tus ojos fuegos artificiales, caricias en tus manos hasta que no te quepan y se viertan en el cuenco de las mías... Procura que no se pierda ni una... Amor, amor. El aire, el fuego y la tierra lo repiten sin parar, sin parar.] Te quiero, Yeni. Te quiero, entera y verdadera para mí, y me quiero yo, para ti, entero y verdadero. (YENI *se echa a llorar.)*

YENI.—Que fácil es ser maravillosa cuando una está sola como tú. O al principio de todo, cuando no había nadie que te gritara «Haz esto, tráeme aquello; más deprisa, joder», y se fuera dando portazos.

MARÍA.—*(Con su voz.)* ¿Con esta sarta de aspavientos quieres decirme que estás embarazada? (YENI *afirma.)* ¿De quién? *(Un sollozo de* YENI.) ¿De quien te ha robado la moto?

YENI.—¿Qué dices?

MARÍA.—Tú me tomas por idiota. Ese es un drogata y un mal bicho. Menos mal que tuvo el gusto de esperar que su madre se muriera.

YENI.—¿De quién me hablas?

MARÍA.—De Sebastián, el hijo de la Encarna.

YENI.—Pero si es policía.

MARÍA.—Pues vaya un aval... Lo sé muy bien: le pagué yo la carrera, y la de empresariales, que es más moderna aunque igual de indecente. Pero lo expulsaron del Cuerpo. Lo han echado de todos los cuerpos. Menos del tuyo, por lo visto (YENI *llora más fuerte.)* No llores más. No merece la pena. *(Se pone de pie.)* Escucha. Para y escucha. Yo tengo un tumor cerebral así de grande. Me va a llevar Pateta en unos días, y mírame, tan chula, tan graciosa y tan de rompe y rasga. Y tú, que tienes toda tu vida por delante y además otra dentro, llorando como una gilipollas... Cállate, ya está bien. Se llora por algo que lo valga... Ay, por Dios, se me había olvidado que hoy me tocaba radiarme el tumor. Porque me están dando la bomba de cobalto. Tenía que ir a la clínica.

YENI.—*(Deja de llorar.)* ¿Y por qué no vamos? *(Se pone de pie.)*

MARÍA.—Porque dicen que se cae mucho el pelo, y yo acabo de teñírmelo, mujer. *(Se ríen las dos:* MARÍA *primero, luego* YENI.) Cuánto me alegro de lo de tu niño. Aunque sea del pocalacha ese... A mí siempre me había gustado tener uno.

YENI.—¿Un niño?

MARÍA.—No, un pocalacha.

YENI.—*(Hipando todavía.)* ¿Y eso qué es?

MARÍA.—¿Tú te crees que yo soy la Academia? ¿Tengo yo acaso una barba que me llegue al mismísimo? Es que no sabes ni tu idioma. Menos mal que estaré yo aquí para enseñarle al niño.

YENI.—Sí, para que el niño chamulle como en el siglo catorce.

MARÍA.—Sin insultar. Para moderna, una.

YENI.—*(Riendo.)* Lo que es el niño podrá ser tu bisnieto.

MARÍA.—Anabolena. Te cortaré la lengua el mejor día... *(Como en un hallazgo.)* ¿No dijiste que era carnaval? Pues venga, a disfrazarse. A celebrar la noticia del niño. A celebrarlo todo y a reírnos. (MARÍA *se va hacia la puerta de la izquierda con la maleta de* YENI. YENI *se coloca detrás del biombo. Suena mezclada una música de rock con una música de pasodoble. Se oye el teléfono. Lo coge* YENI *por encima del biombo.)*

YENI.—Sí... Jo, un poco de paciencia... No, no hay novedad. Ninguna novedad... La vieja va a palmarla, déjame en paz... Déjanos en paz. *(Cuelga el teléfono.)*

MARÍA.—*(Desde dentro.)* ¿Quién era?

YENI.—Nadie.

MARÍA.—¿Se habían equivocado?

YENI.—Eso es, se habían equivocado. *(Salen a la vez de sus resguardos. Cada una se ha disfrazado de la otra.* MARÍA *con el traje de vinilo de* YENI; YENI, *con una bata de cola de* MARÍA. *Se miran. Se ríen.)*

MARÍA.—¿De qué te ríes, de mí? Porque yo me río de verme en ti.

YENI.—Estás maciza, palabra.

MARÍA.—Mira quién habló. Tú sí que estás bonita.

YENI.—Pero macicísima, María.

MARÍA.—Es la primera vez que me llamas por mi nombre. Desde luego que estoy maciza. A ver qué te creías.

YENI.—Somos dos hermosuras.

MARÍA.—Qué más da lo de fuera. Hermosas como soles. *(Bailan juntas, cada cual a su aire, sobre el tablao.* MARÍA *acaba poniéndose el casco de motorista, y* YENI *evoluciona sentada en la silla de ruedas del principio.)*

CUADRO TERCERO

El escenario se ha normalizado. Ofrece un aspecto ya limpio y casi respetable. MARÍA, *con un bastidor en la falda, muestra una mirada lejana y sin expresión.* YENI *va y viene, retirando los platos y el mantel de una cena. Luego hace como que coloca algún objeto, pero está pendiente de* MARÍA.

YENI.—¿No te encuentras bien? (MARÍA *afirma con la cabeza. Pausa.)* ¿De verdad estás bien? *(Pausa.)* ¿No te habrá dado un subidón? ¿O la pálida? (MARÍA *niega.)* ¿Quieres que llame a alguien? ¿Llamo a un médico? (MARÍA *niega.)* Entonces ¿por qué estás así?

MARÍA.—¿Cómo estoy?

YENI.—Tan callada.

MARÍA.—¿Es que ni en mi propia casa voy a poder estar callada? Si sólo viniste aquí a darme conversación, vete.

YENI.—*(Después de otra pausa.)* No gritas, no te ríes, no fumas esos puros pestilentes, no tarareas... Algo te pasa. Dime, ¿no quieres nada?

MARÍA.—Sí quiero: que me dejes en paz.

YENI.—¿No te apetece un poquito de música?

MARÍA.—Vete con tu música a otra parte. Adududú.

YENI.—*(Tras otra pausa.)* No aguanto tanto silencio. Esto parece un panteón. Me voy. *(Hace ademán de salir por la puerta del bar encendiendo al tiempo un pitillo.)*

MARÍA.—*(Casi gritando.)* No; espera; no me dejes... Ya estoy mejor... ¿Qué fumas?

YENI.—*(Vuelve.)* Un canuto.

MARÍA.—Dame una caladita, que me anime... *(Deja caer el bastidor.)* Bastante punto he hecho ya: todo este barrio en invierno lleva bufandas mías. Bastante macramé: he regalado tantas colchas de novias que los maridos creen que están en su casa cuando se acuestan con su querida. Bastantes pantallas: míralas ahí, arrinconadas, no hay tantas bombillas en el mundo. Bastante he bordado... No tengo ganas más que de reflexionar: desde que tú llegaste, no he hecho ejercicios espirituales. *(Por el porro, que devolvió a* YENI, *y ésta fuma.)* Dame, que no es un chéster.

YENI.—*(Se lo alarga.)* Las ñascas: lo mejor. *(Recoge el bastidor.)* ¿Por qué no bordas un ratito más? Esto es un auténtico primor. Qué colores, qué dibujo.

MARÍA.—*(Sin entusiasmo.)* Sí, de concurso. Lo he sacado de esos azulejos. Pero el clavel es enteramente un pimiento morrón.

YENI.—Sin embargo, la rosa esta da gloria verla.

MARÍA.—Como que la rosa es el culo de un ángel. *(Pone en marcha un magnetófono que tiene sobre la mesa. Se escucha, al principio, un ruido informe.)*

YENI.—¿Qué es eso?

MARÍA.—Ahora lo veremos. Si funciona, porque el aparatito, el desdichado, nació antes que yo. *(Sobre un fondo de sonidos crispados y mecánicos se percibe una voz de hombre y otra de mujer que entendemos vagamente, casi más por los tonos que por las palabras.)*

VOZ DE HOMBRE.—No te hagas la tonta. Tú sabías para qué te mandé. Estás perdiendo el tiempo.

VOZ DE MUJER.—Hago lo que puedo.

VOZ DE HOMBRE.—Va a vencer la fecha y me van a pegar cuatro tiros por tu culpa.

VOZ DE MUJER.—Espío a la vieja, pero no consigo nada. Es más lista que yo. Empiezo a creer que aquí no hay lo que buscas.

VOZ DE HOMBRE.—Hazlo mejor. Impónte. Amenázala. Pégale, coño, hasta que cante... Que cante las cuarenta en oros, o vas a conseguir que yo la mate...

VOZ DE MUJER.—Pues tendrás antes que matarme a mí... *(Hay una pausa y luego recomienzan los forcejeos y los ruidos que se van transformando en una escena de gemidos y de jadeos en los que se adivina el nombre de* SEBASTIÁN *pronunciado entre las que-*

jas de una sesión de amor. MARÍA, *luego, bruscamente, detiene la grabación.)*

MARÍA.—Anoche lo enchufé: me dio el capricho. Y se quedó grabado lo que acabas de oír.

YENI.—¿Son las voces de los muertos?

MARÍA.—A mí no me parecen tan muertos.

YENI.—Pues la mujer estaba como enferma: ¿no gritaba?

MARÍA.—Tú sabrás por qué... Tendría una fiebre recurrente... Y no te muevas tanto, que me pones la cabeza como un tiovivo. Siéntate de una vez.

YENI.—*(Se sienta. Se levanta enseguida y toma su guitarra. La toca con furor.)* Esto es vida, no ese silencio tuyo.

MARÍA.—Demasiada vida para mí... Qué mal oído tienes, pobrecita.

YENI.—Es que es así. A ti lo que no suene a pasodoble...

MARÍA.—Qué bullanga. Los vecinos van a llamar a la policía. *(Con intención.)* Y para eso estamos... [Hace veinte años que aquí no se oye semejante baraúnda.]

YENI.—Música, hija, música.

MARÍA.—Lo dirás tú. Trae. *(Toma la guitarra y toca algo de su estilo. Pronto se le va el hilo de la melodía, y trata de recuperarlo.)* En el fondo, una no tiene ya veinte años.

YENI.—Ni noventa.

MARÍA.—Noventa tendrás tú, cacho cabra... Esta guitarra no funciona bien.

YENI.—*(A la guitarra.)* Vaya. Ahora quiere hundirte a ti la muy cerda.

MARÍA.—*(Se levanta. Devuelve la guitarra a* YENI. *Se acerca al espejo. Compone su figura.)* A ver quién hay por esas calles de Dios que pueda presumir de este porte y de esta buena planta... *(Mira a través del espejo lo que hace* YENI, *que se sirve de la botella de anís.)* Te estoy viendo, bonita. Tú, para beber sólo cacao y leche con fermentos naturales, te arrimas con un ansia a mi botella que me la dejas tiritando. Ya me decía yo: «María, que últimamente estás bebiendo demasiado.» Y era la abstemia esta... *(Vuelve a mirarse.)* Los hombres caían a mis pies y bebían champán en mis zapatos... Sin duda tú creerás que invento. De mis zapatos de baile han bebido champán cientos de hombres.

YENI.—Pues estarán buenos los zapatos. ¿Os habíais quedado sin vasos o qué?

MARÍA.—Simpática la niña, y ocurrente. *(Vengativa.)* ¿No me tienes que contar nada de tu novio?

YENI.—Sí, muchas cosas. Pero la más importante es que me sigue amando con pasión.

MARÍA.—Lo que tu novio ama con pasión lo sé yo mejor que tú. ¿No le entregaste anoche los cuartos que has podido sisarme esta semana? Y la pecera esa de la cabeza, ¿dónde está? Se la diste para que la juntara con la moto que ya te había vendido,

¿no? ¿O la usaste como hucha donde meter mi dinero?

YENI.—Qué mala eres con la juventud... Es porque somos pobres y sin un guil. Mentira parece que, teniendo tú monis, consientas vernos como nos ves a tu ahijado y a mí.

MARÍA.—Ay, yo veo visiones. Ah, yo oigo disparates. Ah, yo debo de estar loca... *(Otro tono.)* Y además no es mi ahijado... ¿Es que ya no vendéis droga?

YENI.—¿Con qué va a comprarla la criatura? Bastante debe ya. Lo que tú te has fumado era todo lo que quedaba.

MARÍA.—Mejor, una embarazada no debe hacer excesos... ¿Y el sueldo de policía, o de guardaespaldas, o de lo que sea ahora, si es que es algo más que un chulo putas?

YENI.—Con eso no se vive.

MARÍA.—Por eso vino anoche.

YENI.—¿Anoche? Qué valor tienes.

MARÍA.—Valor el tuyo, que niegas la evidencia. ¿Es que quieres hacerme luz de gas? ¿No lo has oído ahí? *(Por el magnetófono.)*

YENI.—Eran los clientes de este antro: los muertos, los borrachos, las flamencas.

MARÍA.—Y yo me chupo el dedo. Vino tu novio y entró por las traseras y yo lo confundí con un ladrón —bueno, confundirlo no, porque él es un ladrón—. Y estuve en un tris de llamar al cero noventa y uno, o a los bomberos o a quien fuese.

YENI.—Estás haciendo una escena de celos. Si la envidia fuera tiña...

MARÍA.—Estarías tú de tiña hasta los ojos.

YENI.—*(Maligna.)* Siempre los corazones con la fecha de caducidad vencida acosan a los que aman y son correspondidos.

MARÍA.—*(Asombrada.)* Virgen de Regla, qué progresos. *(Tacha lo que ha dicho* YENI *con un gesto. Ese gesto la lleva luego a espantar una mosca imaginaria.)* Ya se acerca el calor, ya se acercan las cochinas moscas... Al principio, me distraía matándolas. Luego me convencí de que me distraían más moviéndose de un lado a otro, posándose y levantando el vuelo... Y ya no maté más.

YENI.—*(Insistente.)* Lo que más distrae de todo es el amor. Fuera de la persona que amas, ya nada te interesa: ni moscas ni elefantes. Y es que el amor, con su tira y afloja, da mucho juego.

MARÍA.—Qué descubrimiento. Adiós, Colón. Pero hace falta una persona, otra, un hombre quiero decir. Y tu novio no lo es: es un zascandililllo. Un camaleón, con más león que cama.

YENI.—Eso según se mire. Y no sé yo si hace falta un hombre. A ti, no: tú estás enamorada de ti misma.

MARÍA.—No había caído en la cuenta. Qué perfección la mía.

YENI.—Podías enamorarte de mí: sería comodísimo.

MARÍA.—[Lo que faltaba para el duro.] No está Noé para chubascos.

YENI.—Yo no te digo enamorarte como si fuese un hombre, sino de otra manera.

MARÍA.—¿De cuál?

YENI.—Quererme igual que a una hija, digo yo. O a una nieta... Buscar lo mejor para mí; desvivirte por mí; distraerte conmigo como con las moscas vivas.

MARÍA.—Mira qué desahogada y qué aprovechategui.

YENI.—Lo propongo pensando sólo en ti.

MARÍA.—Ya lo veo. Muy aliguerante, como dirías tú.

YENI.—Así te sentirías útil todo el día, y no te aburrirías ni un minuto.

MARÍA.—¿Y qué ibas a hacer tú, si es que puede saberse?

YENI.—¿Yo? Dejarme querer. ¿O te parece poco?

MARÍA.—Me parece poquísimo.

YENI.—Porque nunca has querido. El amor es lo mismo que el jaco: quien no lo prueba no lo echa de menos.

MARÍA.—Y tú eres drogadicta del jaco y del amor. Iros a hacer puñetas tú y tu novio. *(Enciende una lamparita de mesa, se coloca unas gafas, y se sienta.)* Voy a bordar un pétalo.

YENI.—*(Canturrea.)* «Porque yo no te quiero / tú

estás que rabias. / Si no eres de mi gusto, / ¿por qué me arañas?»

MARÍA.—La posmoderna se hizo coplera.

YENI.—Vas a dejarte los ojos en la aguja.

MARÍA.—En realidad la aguja y el bastidor es lo único que tengo. *(Suspira.)*

YENI.—Y la edad.

MARÍA.—Beocia, trafalgara.

YENI.—Me tienes a mí, chorra.

MARÍA.—O tú me tienes a mí, linda, si es por eso... Porque tú, sin mí ¿qué serías?

YENI.—Y si yo no estuviese en esta cueva, ¿con quién gastarías tu saliva ahora mismo?

MARÍA.—He llegado a la conclusión de que discutir no es lo más importante.

YENI.—Tú es lo único que sabes hacer.

MARÍA.—Y bordar... *(Con mala intención.)* Cuando no me falta el hilo verde para los tallos de las flores.

[YENI.—Además, todo lo que dices son faroles.

MARÍA.—¿No la oyes? Santa Fidedigna... *(Canturrea.)* «Llevan los aires mentiras / y el que diga que no miente / que diga que no respira.» Más divertida entonces: la verdad es muy desagradable.

YENI.—*(Sincera.)* No lo sabes tú bien.

MARÍA.—*(Sincera.)* Desde que tú entraste por ahí con tu moto, lo único que he hecho es cambiar un miedo por otro. Y si te digo la verdad, aunque sea la primera vez y sin que sirva de precedente, prefería el miedo de antes.

YENI.—Entonces, ¿qué harías tú en mi lugar?

MARÍA.—¿Alguna vez me has dicho cuál es tu lugar? Es lo que estoy esperando.

YENI.—Tú me conoces bien. Y yo a ti te conozco como si viviese dentro de ti.

MARÍA.—Ni que yo fuese una muñeca rusa... Si me conocieras, ya estarías saliendo por esa puerta, traidoraza.

YENI.—Mejor que tú a ti misma te conozco.

MARÍA.—Ay, la siquiatra.]

YENI.—Te iba a traer esta mañana el hilito verde que ahora necesitas; pero tú no me lo pediste. Esperé que lo hicieras.

MARÍA.—Si me conocieses tanto como dices, no te habría hecho falta.

YENI.—Y cuando te lo hubiese puesto en la mano, me habrías dicho que a qué venía eso, que qué gasto, que no lo precisabas.

MARÍA.—O te habría dado las gracias.

YENI.—No es tu costumbre darlas.

MARÍA.—Ni es tu costumbre darme motivo para que te las dé.

YENI.—Si te hubiese traído el hilo verde sin encargármelo, habría quedado por encima de ti. Cosa que te revienta.

MARÍA.—Más me revienta no tenerlo ahora.

YENI.—Habérmelo pedido.

MARÍA.—¿Para que al volver me dijeras que no había, o que se te olvidó? Tararí que te vi.

YENI.—Cuánto tejemaneje. ¿Por qué no hablamos claro?

MARÍA.—Contigo, imposible. Tendríamos que empezar desde tu nacimiento. Si es que has nacido, que...

YENI.—*(Con un golpe en la mesa.)* Pues toma de una vez el hilo verde, hija de la gran puta.

MARÍA.—Sabía que lo tenías en el bolsillo. Te conozco, besugo, que tienes el ojo claro... *(Otro tono.)* Lo malo no es que trates de engañarme a mí, lo malo es que te estás engañando tú sola.

YENI.—¿Por qué lo dices?

MARÍA.—Demasiado lo sabes. *(Alza los ojos del bastidor. Se miran.* MARÍA *sonríe desarmada.)* [Me pregunto cómo puedes soportarme.

YENI.—*(Sonríe.)* Eso mismo me estaba preguntando yo.

MARÍA.—¿Y te contestabas algo?

YENI.—Que me gustaría conocerte todavía mejor para saberlo.

MARÍA.—A lo mejor me soportas por eso nada más: para conocerme mejor.

YENI.—*(Después de una pequeña pausa.)* ¿Me tienes miedo de verdad?

MARÍA.—*(Se echa a reír. Se pone seria.)* Sí. *(Ríe de nuevo.)* Por eso es por lo que te aguanto: ya lo sabes.] *(Llaman a la puerta.)* ¿Quién será a estas horas? Tu novio tiene la llave del patio: fue la que anoche usó. *(Sale* YENI. *Mientras.)* ¿Querrá entrar por la puerta principal? *(Vuelve* YENI.) ¿Quién era?

YENI.—Nadie.

MARÍA.—Eso sí que es malo. Qué horror: nadie. Si pasara algo, óyeme... *(Vuelven a llamar a la puerta. Los mismos movimientos.)* ¿Quién era?

YENI.—Nadie.

MARÍA.—Si tu novio o lo que sea y tú pretendéis trastornarme, no lo vais a conseguir. Porque es que ya lo estoy. *(Llaman por tercera vez.)* Voy yo. (YENI *se queda pendiente. Unos segundos y se oye un gran portazo. Vuelve* MARÍA.)

YENI.—¿Quién era?

MARÍA.—Tenías razón. Nadie... Hay un momento, Yeni, no se sabe si al principio o al final de la vida, en el que todo cambia. Después de ese momento no cambia ya más nada. Jamás. Si tú y yo nos lo proponemos, por mucho que llamen a la puerta no será nunca nadie.

YENI.—No te entiendo.

MARÍA.—*(Con intención.)* Por supuesto que no. Son cosas mías... ¿Anoche estuvo aquí? *(Muy despacio ante el silencio de* YENI.) Anoche estuvo aquí.

YENI.—*(Con una voz ensimismada.)* La única persona que a mí me quiso de corazón fue mi abuela. No, no la que tú crees: con esa yo no tengo que ver nada. No soy la hija de Teodosia, ni la nieta de Milagros o de Remedios o como se llame. No vengo de Sevilla, ni siquiera he estado nunca en Sevilla... Te he mentido porque tú estabas deseando que te mintiera. Alguien, tú sabes quién, me había dicho todos esos datos... Mis padres se divorciaron cuando yo tenía doce años. Rehicieron los dos sus vidas, y yo les molestaba: era un pasado malo para ellos. No lo decían, pero les molestaba, les traía recuerdos negros, yo qué sé... Me recogió mi abuela en Ávila, ya ves tú qué café cantante... (MARÍA *borda como si no la oyera.)* Se murió hace dos años, y me dejó un puñadito de dinero.

MARÍA.—¿Quién?

YENI.—*(Casi riendo.)* Mi abuela. Por eso me vine aquí: a hacerme un porvenir. No, eso tampoco es cierto: me vine a vivir lo que no había vivido. Hice un cursillo de esteticién, eso sí es cierto. Y estudié un poquito de inglés y otro poquito de guitarra. Estuve con un par de grupos musicales y no me fue muy mal —canto mejor de lo que dices, por Dios...—, pero en el fondo nadie me quería... Hice también teatro, poquito, ¿eh?, porque es muy aburrido: decir siempre lo mismo, y además no iba nadie... La gente de mi edad no me gusta mucho: no sabe lo que quiere, y yo tampoco, pero sé algo de lo que no quiero... Vivo en un piso con otras dos muchachas: una es azafata y la otra también tiene problemas; a una la frecuenta un hombre y la otra tampoco está casada. Todo en mi vida iba de mal en peor, no sé cómo decirlo... Cuando apareció Sebastián le encontré una explicación a muchas cosas: es mayor, siempre tiene a punto una raya de coca, es protector y alegre, con poderío, con peso, sabe mandar... No sé cómo decirlo: yo estaba disponible, y él dispuso de mí. Por eso vine...

MARÍA.—El tallo de la rosa me ha salido bastante torcido; vamos, cabeza abajo... Debe ser este hilo verde que es completamente pésimo...

YENI.—Por eso vine. A lo que tú ya sabes.

MARÍA.—A alegrarme la vida, ¿no era a eso? Pues ahora estoy admirablemente: ya la tengo alegrada. *(Una risa falsa.)* No lo dudes. Ya has cumplido tu propósito. *(Deja el bordado y se levanta.)* Adiós y buenas noches.

YENI.—¿Es que te vas?

MARÍA.—No: la que se va eres tú. Por ahí se sale a la calle.

YENI.—Ya sé por dónde se sale. Lo que no sé es dónde me iré.

MARÍA.—Eso es cosa tuya. Donde quieras. A tu piso, con la azafata y con la problemática.

YENI.—*(Como inspirada.)* Ah, ya sé dónde me voy a ir. Qué tonta he sido... Si me quedé, es porque creí que me necesitabas; pero veo que no. Qué tranquilidad. Me voy. Adiós y buenas noches.

MARÍA.—*(Desconcertada.)* Bueno, puedes quedarte si quieres hasta mañana.

YENI.—No, no; es mejor ahora.

MARÍA.—Pero ¿dónde te vas?

YENI.—¿A ti qué te importa? Tú ya estás completa. A mí me gusta que me necesiten y necesitar yo. Aquí no pinto nada... Me voy a un sitio donde todo se comparte, donde todo lo que se tiene se disfruta en común.

MARÍA.—¿Es tu piso? (YENI *niega.)* ¿Dónde es? Yo quiero ir a ese sitio. [Quiero ir contigo.] No me dejes aquí.

YENI.—[Si ya no te hago falta.] ¿Para qué quieres venirte?

MARÍA.—Para conocer ese sitio.

YENI.—Ese sitio es cualquiera. Todos sirven. Pudo haber sido este café también.

MARÍA.—Pues qué asco. Esto no serviría, por mucho que cambiáramos las cosas... Anda, siéntate un momentito... *(Canturrea.)* «Yo ya no soy la que era / ni la que debiera ser. / Soy un cuadro de tristezas / pegaíto a la pared.»... Cuando te vayas, volveré a ser una mendiga vagabunda.

YENI.—*(Riendo.)* Pero si no le pides nada a nadie, y además no te mueves de aquí.

[MARÍA.—Es que ser mendiga, la mayor mendiga de todas, es pedir a los días que pasen, que pasen deprisa y que nos dejen... Eso es lo que hago yo. Y ser vagabunda es no tener a nadie que se ocupe de si dormiste anoche, o de dónde dormiste, o dónde dormirás en las noches que vengan...

YENI.—Lo que te pasa a ti es que te das muchísima pena.]

MARÍA.—No, lo que me pasa es que tú me das

muchísima risa. Estar presa o no no tiene nada que ver con el tamaño ni con la forma de la celda... Hay días en que me digo: «Corazón, qué fatiguita más grande este afán de vivir».

YENI.—Tú es que crees que el café cantante acaba en estas cuatro puñeteras paredes. Y no: todo lo de fuera es un café cantante. ¿No querías que te hablara de lo que hay por ahí? Todo. La pomada y todo lo contrario: gente que está alrededor de un tablao y grita y jalea y le pegan o la estafan; gente que no entiende ni de cante ni de nada, y que se queda con la boca abierta, o metiéndole mano al vecino en la cartera y a la vecina en el escote... Todo es lo mismo que esto. Como lo que tú dices de la celda. Y tampoco hay allí nadie completo.

MARÍA.—¿Y qué haremos entonces?

YENI.—Hay que hacer el milagro.

MARÍA.—[Claro, el de la multiplicación de los panes y los peces... Bueno, ese no, porque sería mucho más de lo mismo... El de las bodas de Caná, que es convertir el agua en vino. Porque el vino es lo nuestro, desengáñate: el vino y el anís...] *(Vuelve a sentarse.)* Yo he tenido tanto tiempo libre que me entretenía cambiando de destino este local. Fantaseaba yo para pasar el rato... Unos cuantos meses lo dediqué, con mi imaginación, a casa de niñas. ¿Tú sabes lo que es una casa de niñas?

YENI.—¿Por quién me tomas? Una casita de muñecas.

MARÍA.—Conmigo no te hagas la repipi... (YENI *sube las escaleras.)* Y les ponía nombres a las niñas. *La Balancín* era una chispita coja, vamos, que casi le faltaba una pierna. *La Café* era una muy fea y muy negra, y se quedaba al final sólo para los borrachos que, más que ver doble, estaban ciegos. *La Galleta* era una que deshonraron en la guerra: le dijeron que pagaban con un bote de leche, pero a ella sólo le dieron dos galletas maría. *La Verdolaga,* que era muy ambiciosa y todo lo quería para ella, y *La Terrible,* que le sacó un ojo con un atizador a un pretendiente... Yo sabía las habilidades de cada una. Esas no te las puedo decir, no vayas a escandalizarte. Se bajaban las niñas a la cripta con los clientes y allí practicaban el lámbito o beso labiovergal, o el cunilinguo, o la pedicación, que es hacer por detrás lo que se suele hacer por delante, o la irrumación.

YENI.—*(Desde arriba.)* ¿Eso es hacerlo con catarro?

MARÍA.—No, niña, es hacerlo con la boca, pero de eso no se habla... Me lo enseñó un académico que era mucho más dado a los números que a las letras... Y yo les cambiaba de traje a las niñas, y hablaba con ellas, y dábamos risotadas, y hacíamos las cuentas por la noche. Yo me ponía una bata de seda con quimeras bordadas, que daba gloria verla... ¿Dónde habrán ido a parar esas quimeras? El académico, que era asiduo, me dijo que se llamaban quimeras... Y también, en otras temporadas, convertía el café en una abacería, y hacía como que despachaba garbanzos y lentejas.

YENI.—Arenques, bacalao, queso en aceite...

MARÍA.—Y esto olía como si fuesen de verdad: una tienda de pueblo de esas en las que hay de todo. Qué sosiego me daba... O se me pasaban las mañanas enteras regando las macetas del jardín y los arriates, y les contaba cosas a las plantas, cosas mías de atrás, y ellas se dormían las muy guarras: nunca tuve yo mano verde, qué quieres que te diga, en eso no me pongo moños... (YENI *baja con la maleta.* MARÍA *triste.*) No, no va a ser fácil que esto se convierta en ese sitio que tú dices donde todo se comparte. Qué más quisiera yo que encontrar a alguien con quien compartir.

YENI.—Eso no depende del sitio sino de la gente que en él vive.

MARÍA.—A mí lo que me convendría si pudiera, que no puedo por lo que yo me sé, es vender esto y quitarme de una vez de aquí antes de que me saquen con los pies por delante.

YENI.—*(Coge la maleta.)* Nunca es tarde: estáte segura... Ea, yo me abro.

MARÍA.—*(Suplicante.)* Espera un poco... ¿No estaré ya mayor para montar en moto? Sé sincera, Yeni. Aunque quizá iniciar algo distinto sea lo que más rejuvenezca.

YENI.—Lo he pasado muy bien. Siento que no todo haya salido lo mejor posible. *(Tiende la mano que estrecha* MARÍA *y permanece con ella entre las suyas.)*

MARÍA.—Antes de separarnos me gustaría echarte las cartas.

YENI.—*(Con ilusión.)* ¿Es que sabes? Porfa.

MARÍA.—*(Agarrándose a esa ilusión de* YENI.) Hasta del extranjero venía gente a que se las leyera. Pero hay que hacerlo con seriedad y tiempo. De guasa, ni mijita. Deja eso *(Por la maleta.)* y siéntate. *(Agitada.)* Ay, ¿dónde habré puesto yo mi baraja? Ay qué desbarajuste, Padre Santo. Cuanto más se busca una cosa... Aquí está. *(Trae un estuche, lo abre, pone el paño negro que envuelve el mazo sobre la mesa a la que se ha sentado* YENI.) ¿Tú de qué signo eres?

YENI.—Virgo.

MARÍA.—Vaya por Dios.

YENI.—¿Y tú?

MARÍA.—Virgo también. Para que uno se fíe del zodíaco. *(Saca el mazo de cartas.)*

YENI.—Qué cartas más preciosas. Son dabuten. ¿Tienes alguna repe?

MARÍA.—*(Misteriosa.)* Es el tarot. Los grandes arcanos y los arcanos menores. Lo más sabañón; bueno, lo más antiguo. Vamos a ver.... Caliéntalas con tu propio calor. *(Se las da.)* Baraja estas. (YENI *lo hace.)* Y no dejes de pensar en la cuestión a que te han de responder.

YENI.—No sé qué preguntar.

MARÍA.—No te hagas la inocente. Piensa en lo que tienes más cerca: en ese crimen que te traes entre manos.

YENI.—Ya empiezas otra vez a ponerte hartible.

MARÍA.—Enmudece y medita... Separa diez cartas. Ponlas aquí, boca abajo, de una en una. La primera es como si fueses tú. Las vamos a poner en forma de cruz: la cruz celta se llama.

YENI.—¿Por qué?

MARÍA.—Qué sé yo. No preguntes. Concéntrate y transmite fuerza a mis manos y a mi mente... La segunda es la carta que cruza sobre ti. *(Va disponiendo las cartas.)* Esta otra la que corona. La cuarta, la base del problema. Aquí. A la derecha, las influencias pasadas; a la izquierda, las venideras. Y aquí *(Más a la derecha.),* de abajo arriba, la séptima, que significa el sitio en donde hoy te encuentras; la octava, que es el punto de vista de los demás; la novena, esperanzas y temores; y la décima, el desenlace final.

YENI.—No pongas esa voz que me das miedo.

MARÍA.—*(La calla con un gesto. Levanta la primera carta.)* Tu carta es El Loco.

YENI.—Qué casualidad, hombre. Ya estás insultando. *(Nuevo gesto de* MARÍA.) Has hecho trampa.

MARÍA.—Esta carta predice la llegada de un nuevo capítulo a tu vida. Vas a correr un riesgo. *(Apea el tono, cosa que hará, jugando así con él, a menudo.)* Lo que se acerca es siempre misterioso, sobre todo si no lo conocemos... [Es la ignorancia de lo oscuro.] La indecisión te será perjudicial. Si no llegas a la claridad última de la mente del loco, [o del tenido por loco, que todo lo interpreta,] acabarás por hacer el ridículo. Hay que saltar sin miedo, óyelo bien, ¿estamos? Tu camino se parece al mío, a ver si lo andas con más suerte... La carta que te cruza y se te opone es El Carro. Lo siento. Presagia conflicto y lucha. Esto te hará más fuerte si sales vencedora; si no, al carajo. Y no me refiero sólo a las agresiones ajenas, sino a tu propia oposición, [la que tú llevas dentro. Has de llegar a la armonía aprendiendo a manejar tus contradicciones, y las mías también, y madurando de este modo...] Seguro que no has entendido ni una letra.

YENI.—Lo he entendido todo.

MARÍA.—Necesitarás fuerza y tesón... Te corona La Estrella, hija, qué bien: la esperanza y la fe en medio de las dificultades. Una carta de promesa y de experiencias gratas. Pero después de pasar por el derrumbamiento de lo que consideras más valioso en tu vida. Asimílalo y no te arredres.

YENI.—Arredrar ¿qué es?

MARÍA.—Dar pasos atrás... A tus pies, en la base del problema está *(Levanta la carta.)* El Diablo. *(Pausa.)* Escucha: tienes que afrontar todo lo que haya de siniestro dentro de ti. Conócete primero. Conoce todos tus pozos. [Y alcanza luego la aprobación de tu parte más fea, la corporal y la otra...] Nada de ojos en blanco. Y los pies, en la tierra... Llegarás al centro del laberinto a solas, igualito que yo, y allí liberarás el poder de creación que tienes encadenado porque te aborreces tú a ti misma.

YENI.—Si estoy encantada de haberme conocido. ¿Aborrecerme yo?

MARÍA.—Sí. Y por eso me aborreces a mí. Mira cara a cara a tu parte de sombra y dale luz. Todo es una lucha interior: o vences al diablo o te vence él a ti. Ya sabes tú quién es... *(Otra carta.)* Las influencias pasadas. Aquí están representadas por El Ermitaño... Un tiempo de aislamiento y de retiro, del que yo te puedo informar mejor que nadie, para adquirir sabiduría y paciencia. [Deberás construir los cimientos desde abajo, y respetar tus limitaciones que el tiempo allanará. El tiempo es el farolillo que has de llevar en la mano mientras te aclaras...] *(Otra carta.)* Las influencias futuras. Aquí tienes La Torre. Una torre que se desmorona, ya lo ves. Vaticina el hundimiento de lo que *crees* que tienes. Es una carta difícil, pero está ahí. [Tienes que preguntarte de dónde procede tu cadena, tu prisión, tu imagen falsa de alguien. Y romper.] Romper: eso te ahorrará dolores. Porque la torre caerá de todos modos, quieras tú o no... Es la historia de mi vida, qué casualidad... [La guerra que hierve dentro de ti ha de llegar a un fin. Ojalá seas tú quien gane...] ¿Dónde te encuentras hoy? Esta carta lo dirá. *(La vuelve.)* La Sacerdotisa. Qué tremendo. Es la carta que a mí me representa. Aquí, en este café, han aumentado tus intuiciones y tu mundo interior. Donde viniste a deshacer has crecido por dentro. [Pregúntate lo que ha echado aquí a andar en tu vida, y no desertes. Tu familia de carne y hueso ya ha hecho cuanto estaba dispuesta a hacer por ti. Esta carta representa la madre a otro nivel. La madre] en un mundo menos visible, más profundo, más íntimo... Es como si otro vientre te pariera otra vez.

YENI.—Esto lo entiendo todavía mejor.

MARÍA.—Lo dudo. El punto de vista de los otros. *(Vuelve otra carta.)* El Mago. Qué sorpresa: tú estás llena de facultades que no has despertado todavía, de habilidades que tienes la obligación de aprovechar. [Aparecerá, si es que no ha aparecido, una ola de energía que verán los de fuera; se te ofrecerán oportunidades en que cumplirte...] Aquí está tu camino, [por el que has de andar con un paso que tú desconocías.] Cuánta luz... Las esperanzas y los temores. Para ti los simboliza esta carta: *(La vuelve.)* El Juicio. La recompensa por las fatigas pasadas. [Vas a revisar lo que has hecho, lo que has ido fraguando y dando hasta llegar aquí, y] desde este balcón te asomas al futuro. Esta carta no es del todo feliz, también es dolorosa, porque vas a enterarte de lo que vale un peine: lo que no hiciste, los lugares donde tropezaste o te desviaste. [Tienes que rendir cuenta de tu trayecto ante el juez que te va a sentenciar.] De ti dependerá que la sentencia del porvenir te sea favorable. En cualquier caso, hagas lo que hagas, opines lo que opines, decidas lo que decidas, un capítulo de tu vida se acaba. Procura que el que empieza sea mejor... Y por fin, el desenlace final. *(Levanta la carta.)*

YENI.—La Muerte.

MARÍA.—Silencio. Primero, eso es cosa de todo lo que vive. Segundo, no la tienes mal situada. Es una consecuencia de todo lo anterior. Has de aceptar la necesidad de los finales: estás al borde de uno. [Darte la ocasión de una vida nueva, que nace justamente cuando muere la anterior.] Si no te desprendes de lo viejo, me incluyas a mí o no, nada nacerá en ti, ni tu hijo siquiera... Te estoy viendo: [avanzas y dejas a tu espalda la vida anterior: tus equivocaciones, que también son las mías, qué me vas a contar, pero] tú te lanzas en brazos de una vida que yo ya no veré. Si puedo, estaré cerca... Te lo han dicho las diez cartas infalibles... *(De repente, le quita importancia.)* Eso les pasa a todas las personas. Hasta a los países les pasa... Es lo que llamamos la vida, la vida. ¿Qué importa? *(Desbarata la formación de las cartas.)* No se ve nada. No se ha visto nada.

YENI.—Yo sí he visto.

MARÍA.—Vamos a tomar una copa más bien grande. Nos la hemos merecido.

YENI.—¿Una copa de despedida?

MARÍA.—*(Intenta otra táctica.)* Aquí me quedaré yo, otra vez íngrima, como me decía un novio colombiano. Con mi tesoro. Como esos dragones que dormían encima del oro y de las piedras preciosas.

YENI.—Hasta que llegaba un príncipe o una princesa sin pecado mortal y les metía por la boca una tea ardiendo, o una flecha afilada por la barriga, sin despertarlos siquiera. Y se llevaban el tesoro para que brillase delante de todo el mundo y para darle el aire que las cosas preciosas necesitan.

MARÍA.—Porque hasta las perlas, si no se usan, enferman y se quedan pálidas y tristes. Mírame a mí, si no, ajada y bien ajada... Pero, ¿para quién voy a ponerme yo esos joyeles y esas preseas, o como se diga? Total, perifollos... (YENI *coge la maleta para salir.)*

YENI.—Es verdad: ¿para quién? Adiós.

MARÍA.—*(Habla a la desesperada.)* El gordo me dijo una noche de pronto: «Mañana a las diez tienes que haberte gastado doscientos millones de pesetas, tú verás lo que haces. El juez de delitos monetarios va a fisgar en mis cuentas y ese dinero tiene que desaparecer.» Me pasé la noche de claro en claro calculando en qué los gastaría. Y, cuando abrió su tienda el mejor joyero de Madrid, estaba yo en la puerta. Nunca me imaginé que doscientos millones —bueno, después fueron doscientos quince— se gastaran tan pronto.

YENI.—Y ese es el joyerío que tú tienes.

MARÍA.—*(Aligerando el tono.)* Más tarde el gordo me lo pidió y luego me devolvió gato por liebre. Ya sabes cómo son los hombres, que lo quieren para ellos todo. Me quedó una pulserilla y un par de chuminadas, que es de lo que he vivido. Y las acciones de bolsa, que estarán en los bancos.

YENI.—¿Y las alhajas no las tienes también en un banco? Sería lo más sensato.

MARÍA.—Yo no me fío de ellos. Son más sacamantecas que el gordo todavía... Un anisito, hija... ¿Tú me sigues? *(Subraya.)* El dragón siempre duerme encima de las maravillas... Y ya que hablamos de dormir, Yeni, hija, ¿no tienes sueño tú?

YENI.—Un poco, sí.

MARÍA.—Pues duerme en tu camita de arriba, que anoche bien poco dormiste, y mañana hablaremos. Cada cual, donde tiene su tesoro tiene su corazón... No son horas de hacer demasiadas mudanzas, san Ignacio lo dice. De noche lo mejor es dormir. Mañana será otro día. Como siempre.

YENI.—Bueno, si me lo pides de esa forma, de acuerdo.

MARÍA.—No sé a qué forma te referirás, qué refitolera eres... Dame el somnífero. (YENI *le alarga la botella.)* La pastilla, primero. Disuélvemela en agua, ángel mío, que parece que así me cae mejor al estómago.

YENI.—Si no bebieras tanto...

MARÍA.—Si no bebiera tanto, me habría muerto.

YENI.—Para que no tengas pesadillas, voy a ponerte dos pastis en el agua.

MARÍA.—Gracias, niña querida. Si no fuera por ti, ¿qué sería de esta pobre anciana?

YENI.—Voy a quedarme velándote un ratito.

MARÍA.—¿Velándome, hijaputa?

YENI.—*(Subiendo la escalera.)* Ahora mismo vuelvo.

MARÍA.—*(Se ha bebido el vaso.)* Me viene a la cabeza el velatorio de mi abuela. Yo cobré a los niños una perra gorda por dejarlos ver por vez primera un muerto.

YENI.—*(Desde arriba.)* A mí me pasó igual. Metía grupos de amigos, y me santiguaba y hacía que lloraba igual que había visto hacer a mi madre, más falsa que Judas, ante la vecindad. *(Baja y mete la guitarra en su funda.* MARÍA *se ha dormido.* YENI *urga en el bolso de malla. Sólo encuentra el walkman.)* El dragón encima del tesoro... *(Levanta el colchón. Pasa la mano por debajo. Mete medio cuerpo debajo de la cama.)*

MARÍA.—*(Sin inmutarse.)* Frío, frío, como el agua del río.

YENI.—*(Se incorpora, airada.)* ¿Y el somnífero?

MARÍA.—Como que tú te crees que, después de lo de ayer, lo iba yo a dejar en ese frasco. *(Ríe.)* Me has atizado un doble de aspirina que me ha caído como mano de santo. No sabes cuánto te lo agradezco... Si quieres que te sea sincera, no me fío de ti.

YENI.—Nunca creí que existiera nadie tan detestable. Y ahora, si quieres que yo también te sea sincera, entérate de una vez, vieja roñosa: no estoy embarazada, ni muchísimo menos. Te engañé.

MARÍA.—Pues entérate tú de otra vez, muchachita trincona. Ni yo tengo cáncer, ni tumores, ni leche. Ni los pienso tener mientras viva. Ni me voy a morir por el momento. *(Están las dos de pie frente a frente, como dos fieras.)*

YENI.—Pécora.

MARÍA.—Garrapata.

YENI.—Pirámide de Egipto.

MARÍA.—Menuarria. *(Se hacen una a la otra simultáneamente una pedorreta, lo cual las desconcierta.* YENI *se dirige hacia su maleta.* MARÍA, *que va a seguirla, tropieza con el bastidor y la empuja. Caen las dos de rodillas, y al levantarse se dan un cabezazo y se quedan sentadas en el suelo. Se lanzan miradas asesinas. Y, de repente, sueltan la carcajada.* YENI *ayuda a levantarse a* MARÍA *y se quedan enlazadas riendo.)*

YENI Y MARÍA.—Ni tú ni yo tenemos mucho arreglo.

CUADRO CUARTO

La escena está vacía. Enseguida aparece en el patio, donde ya hay plantados unos geranios al pie de las paredes, MARÍA. *Viste un lujoso traje de faralaes y está aderezada con peineta y toda clase de accesorios, incluido un enorme abanico. En el suelo del patio se adivina un bulto cubierto con un gran mantón de Manila.* MARÍA *entra, cierra las puertas de cristales y corre las cortinas. Baja la luz, y baja también, bostezando y casi desperezándose,* YENI, *ligera de ropa.*

MARÍA.—Parece ya verano. Qué sol de mediodía. Si no fuese tan alarmante la expresión precisamente hoy, diría que hace un sol de justicia. Pero más vale no pronunciar esa palabra. Por fin se ha cumplido... Claro, que del sol de hoy sabes tú más que yo. Cuando llegaste, había salido hacía ya rato... ¿Dónde estuviste hasta tan temprano?

YENI.—Haciendo una gestión.

MARÍA.—Me la imagino. Como si la estuviera viendo... Lo que no me imagino es por dónde entra tanto polvo aquí. Yo creía estar al cabo de la calle de los polvos de cualquier condición *(Pasa un dedo por alguna parte.)*, pero nunca se ha echado en este local tantísimo polvo como ahora.

YENI.—A ver, si no se limpia...

MARÍA.—No es limpio el que limpia, sino el que no ensucia. Cuando llegaste aquí todo esto relucía igual que una patena.

YENI.—No me lo recuerdes... (MARÍA *se mira y se remira en el espejo sorprendida de que no se la piropee.)* Ese biombo que llevas en la mano, ¿qué es?

MARÍA.—Un pericón, con el que yo bailaba el garrotín.

YENI.—El polvo al espejo se lo echas tú, que no paras de mirarte.

MARÍA.—Porque estoy francamente irresistible... El hecho de que tú no me lo digas, por pajolera rivalidad, no hace al caso... Aquí me veo, de cuerpo presente, con una mano detrás y otra delante. Una especie de Isabel la Católica destronada, y que ya no es ni católica siquiera. Aquí me veo, erigida como una estatua ecuestre, sin hijos ni nada, harta de vivir para nadie, que tiene tela marinera; deseando no molestar ni levantar la voz para pedir ni un vasito de agua... Y tú, libre de ir y venir, como un pájaro que pica donde quiere... *(Indica la mesa.)* Ahí tienes el café... Tú eres lo que yo soñaba ser cuando quisieron meterme en la Sección Femenina, y dije que nanai.

YENI.—*(Tomándose un café.)* La Sección Femenina, ¿qué era: un anexo del Corte Inglés?

MARÍA.—Más o menos. Con el revolú que yo soy: judía, mora, romana y gitana: un relío de sangre que, si un día me abro una vena, va a llegar el chorro a la playa de Chipiona.

YENI.—¿Por qué te has puesto así? Pareces una *drag queen.* ¿Es que va a haber visita?

MARÍA.—*(Enigmática.)* No; la hubo ya... ¿Qué llevas en ese hombro?

YENI.—Un tatuaje.

MARÍA.—Mírala, tan campante. Como una legionaria... ¿Quieres ayudarme a hacer mi cama? *(Con mucha intención.)* Ese colchón necesita moverse, unas manos fuertes que lo sacudan.

YENI.—Con muchísimo gusto.

MARÍA.—*(Riendo.)* Es la única zona que te queda por investigar a fondo, ¿a que sí? Por eso me propusiste que durmiéramos juntas. Qué obsesión con el tesoro, alma mía. Anda, toda la cama para ti. Menéala, dale la vuelta, rompe el colchón, mete la mano entre la lana.

YENI.—Aprovechaste que dormía y trasladaste a otro sitio el botín.

MARÍA.—Ya sabes que de este oído no oigo muy bien.

YENI.—*(En voz muy baja.)* Oyes mucho más de lo que se te dice.

MARÍA.—De eso puedes estar convencida.

YENI.—*(Que ríe, ya junto a la cama.)* ¿Ves? A mí no me la das.

MARÍA.—¿Por qué iba yo a embaucarte, Yeni mía? El gordo Romualdo me cambió las esmeraldas por culos de botella con platillas pegadas. El collar que me devolvió y la diadema eran ya de folklórica. Cosas para la escena... Pero busca si eso te tranquiliza, qué manía más tonta... Todo fue una inversión: las joyas, el café cantante y yo. Mientras duró no fue un negocio malo.

YENI.—*(En su faena, refiriéndose al local.)* Pero esto sí está a tu nombre por lo menos.

MARÍA.—Me lo dio para compensarme. ¿Qué otra cosa iba a hacer el gordo después de aquello? Con dieciocho años me arrebató mi joya mas preciada. *(Ríe.)* Era la época del caralsol y las cartillas de racionamiento, de las cornetas y los tambores, de los sindicatos verticales y de la Iglesia, que se puso más vertical que nunca... ¿Qué canastos iba a hacer yo? Y aún tardó tres años en comprar el local. Todos los mamones tenían que venir aquí arremolinándose para ver a La Talismana. Pero dentro de mi alma yo bailaba para los pobrecitos, y no tenía otra riqueza que mi arte...

YENI.—Qué embustera puedes llegar a ser. Ay, aquí has puesto alfileres.

MARÍA.—Esto era la oficina del gordo: aquí recibía, traficaba, lavaba sus trapos sucios; y mientras yo taconeando ahí... Pasó así mucho tiempo, casi veinte años. Todo el esplendor.

YENI.—Lo sé. De ti se dijo lo que no está en los escritos: que ganabas dinero a espuertas, que tenías cientos de amantes, que te acostabas con el rey de Inglaterra...

MARÍA.—Pero la verdad era que barría mucha mierda con mi bata de cola: España estaba llena de colillas y de gargajos. Tú ya te la has encontrado aseadita.

YENI.—Pero menos garbosa y más inapetente.

MARÍA.—Eres dueña de ti, yo no lo era.

YENI.—Con todo y con eso, te permitiste hablar como te dio la gana y fumar y beber y tener tus ideas y tus novios y una lengua muy larga, gracias a Dios.

MARÍA.—A cambio, tenía que bailar para ellos disfrazada de rímel y de colorete. Porque a mí es que el baile me sale de todas mis partes, pero de aquí *(Se señala la entrepierna.)* más que de las otras... A mí me habría gustado bailar en un platillo volante: han llegado demasiado tarde... Yo soy la España de antes, tú la de ahora: igual de alegres las dos, igual de tristes. Y tú, dale que dale, buscando mi tesoro... Una madrugada, a punto de cerrar... Mira bien en la almohada.

YENI.—*(Con la almohada en la mano, enseñándola.)* Está deshecha. La habrás quemado con uno de tus puros.

MARÍA.—Sí, chico puro.

YENI.—Si no fumaras acostada.

MARÍA.—Esa madrugada se lió aquí una manta de tiros entre dos bandas enemigas, una de ellas del gordo, que esto parecía la batalla del Ebro. Por asuntos de exclusivas y de campos de acción. Chiquilla, fue la guerra otra vez. Por el puto dinero, como siempre... ¿Cómo te va la búsqueda?

YENI.—*(Sentada en la cama.)* Sigue, tú sigue.

MARÍA.—Y se perdió una bala y me dio en este muslo. Lo que tardé en recuperarme en esa condenada silla. Y nunca fue igual que antes. Ya no volví a bailar como Dios manda... Para compensarme y ponerme punto en boca, el gordo Romualdo me regaló el café. Pero no fui yo más la estrella. Sólo subía al tablao para íntimos amigos, de esos que disimulan los defectos y a los que una les baila sobre todo de cintura para arriba... Más que *La Talismana* era ya *La Gerente...*

YENI.—«Al pie de un olivo / me puse a llorar. / Pá los pajaritos / que cantando estaban / se acabó el cantar.»

MARÍA.—Qué tormento más cruel.

YENI.—Tiros aquí, parece de película. Con razón se grabaron aquellas voces tan agrias, aquellos gemidos y aquellas peleas en tu grabadora.

MARÍA.—No tientes a Dios: aquellos gemidos tú estás al cabo de la calle de lo que eran... Cuando a mí me dieron el balazo aquí, yo no dije ni pío. Si no tenía a nadie a quien quejarme, ¿por qué me iba a quejar? Nunca más mi muslo sería lo que fue: por él se daban tronos, ministerios, estancos... Con el volante de una falda me organicé un torniquete, y esperé que llegaran las limpiadoras apretando las muelas.

YENI.—Hay que tener dos huevos.

MARÍA.—Como mínimo. No olvides lo que has dicho, porque te va a hacer falta.

YENI.—¿Y del gordo qué fue? Nunca me lo contaste... Bueno, con lo que mientes hubiera dado igual.

MARÍA.—Hoy me he vestido así, regia pero modesta, para decirte la verdad, toda la verdad y nada más que la verdad. Ya era hora de que la supieras. Te la has ganado a pulso.

YENI.—Ole. ¿Dónde tienes las joyas?

MARÍA.—Eso cuando concluya la sesión... Una noche, era mayo y estaba abierta esa puerta *(Señala la del patio.),* llegó el gordo sofocadito, jadeando como un hipopótamo para que lo encubriera. Muy difícil, porque por esos años ya más que gordo estaba omnipotente. Tendría yo cuarenta, y era lo mismito que un tren: entre abierta y madura, como se ponen las granadas a fines del verano. O como se ponían, a lo mejor no quedan ya granadas.

YENI.—Sí quedan. A mí me gustan mucho: verlas más que comerlas.

MARÍA.—Entonces te pasa lo que al gordo le pasaba, verme más que comerme, qué desgracia la mía.

YENI.—¿Y lo escondiste?

MARÍA.—¿Qué iba a hacer? Acababa de esconderlo *(Ríe.)* —y tú sabes qué buena maña me doy yo para eso— cuando llegaron los de la mafia contraria. Eran alemanes o belgas, qué sé yo, medio rubios y muy coloradotes. Parece que los veo. Y que los oigo, porque entraron saltando todas las cerraduras y pegando tiros como ametralladoras. Cuatro o cinco eran. Dieron con el gordo vestido de flamenca en la última cripta de abajo, donde estaba el aseo del servicio. Pasaron rozándome al bajar y al subir... Al gordo, con lo gordo que era, lo habían dejado seco. En fin, relativamente seco, porque uno, que debía ser un cachondo, metió el cadáver debajo de la ducha y le dio a la canilla. Toda la cripta rebosaba agua mezclada con la sangre.

YENI.—*(Boquiabierta.)* Igual que una novela.

MARÍA.—Es que es una novela.

YENI.—Cuanto más se vive la vida, más novela parece.

MARÍA.—*(Reflexiva.)* Y la muerte, lo mismo.

YENI.—¿Y tú qué hiciste?

MARÍA.—¿Por qué no sigues hurgando y removiendo por ahí? ¿O es porque ahora ya sabes cuánto me costó ganarme mi tesoro?

YENI.—Que qué hiciste.

MARÍA.—Callarme, como siempre. (YENI *suelta una risa.)*

YENI.—Eso no se lo tragan ni los tiburones.

MARÍA.—¿A quién iba a recurrir? Quise enterrarlo, como manda la Santa Madre Iglesia, pero a aquel gordo no había quien lo moviera. ¿Cómo iba a subirlo hasta el jardín yo sola? Porque los suelos de abajo son de piedra, de piedra berroqueña. Y arrastrarlo escaleras arriba no podía... Así que tapié aquella cripta y dejé emparedado al mapamundi. A los únicos que le vieron entrar no les convenía irse de la muy. Debajo de la ducha supongo que estará, esperando lo que Dios disponga... A los camareros les dije que habían puesto una bomba los comunistas, y que nos convenía guardar riguroso secreto. Fue en el 66, un tiempo perturbado. Entonces se mataba en España más que hoy. Robar se robaba por el estilo, pero en lo de matar había mucha ventaja. Salvo los coches, claro, con los que no hay quien pueda... Yo conservé la pistola que el gordo aún tenía en la mano y que de nada le sirvió. Cuatro balas quedaban.

YENI.—¿Y vives aquí arriba, y comes y duermes con ese muerto abajo?

MARÍA.—La vida es así, lo mismo que las plantas: crecen con el estiércol. Yo no soy tiquismiquis. Y además, como el muerto no está solo, entre ellos se entretienen.

YENI.—¿Cómo que no está solo?

MARÍA.—Como que no está solo. El día exacto en que se murió Franco *(Entre risas.)*, que es verdad que se ha muerto, cundió la noticia, antes de que la diera la radio, por toda España. Al filo del amanecer —fue gris y frío— se presentó un policía aquí. Traía el dossier de Romualdo el gordo. Alguien había averiguado que llegó aquí y que de aquí no salió. Hasta entonces ni la familia había demostrado mucho interés. Pero a ese policía lo que iba a venir después de Franco no le atraía nada. Quiso trincar hasta el último céntimo de lo que yo tuviera —igual que todito el mundo, ¿te das cuén?— y largarse de España. Un sueldo extra, vamos. Me amenazó, me amenazó de palabra y de obra. De un tortazo me tiró contra aquella pared. Me dejó la mandíbula dormida. Le juré que iba a buscar mis joyas. Y cogí la pistola del gordo y lo maté... Me quedaron tres balas... A ese sí le enterré. *(Descorre las cortinas del patio.)* En el lado de allá del jardín. Quizá por esa muerte, aunque fuera en legítima defensa, estoy yo presa aquí.

YENI.—¿Qué es eso? *(En una alarma inconsciente.)* ¿Qué hace ahí ese mantón de Manila? ¿Qué hay debajo?

MARÍA.—*(Corre otra vez la cortina.)* Ten paciencia. Tú dudas de que yo haya querido alguna vez a un hombre. Si me equivoco, me corriges. Pues sí he querido. Medía casi dos metros de gachonería. Le quise desde chico. De otra manera, pero desde el principio. Cuando le conocí ya estaban en su sitio los dos muertos, y yo en el mío, con las puertas cerradas. Él fue la lima de mis rejas, mi única libertad, mi gana de vivir. El día en que cumplió dieciocho años le había comprado un traje bueno, con su camisa de seda y su corbata. Pasó ahí *(Señala la puerta de la izquierda.)* a probárselo, tan vergonzoso era. Cuando entró daba gozo verle pero era un niño para mí; cuando salió era un hombre y lo llenaba todo. Yo no había visto nunca a otro más guapo. Y yo fui una mujer. Una mujer que entendía mucho: qué ojos, qué cuerpo, qué cintura, qué todo... Pasó lo que tenía que pasar. Ese fue el único hombre que yo quise. *(Vuelve a descorrer las cortinas.)* Y mira dónde está.

YENI.—*(Temblando.)* ¿Quién es?

MARÍA.—El que tú estás temiendo.

YENI.—*(Va hacia el patio.)* Sebastián. *(La detiene* MARÍA.)

MARÍA.—Ya no vale la pena que lo veas. Quedan sólo dos balas: si quieres, las usamos. *(Se desprende* YENI *de ella, va hacia el patio, levanta un extremo del mantón. Da un grito. Vuelve decidida a atacar a* MARÍA. MARÍA *le coge los dos brazos, y la va dominando mientras habla.)* Vino de madrugada. Por lo visto, es la hora de los criminales... A ti te había citado en casa del capo de la droga. Eso me dijo. Quería alejarte del café: había dejado de fiarse de ti. En cualquier caso, te mandó por si le servías de rehén, o por si el capo se cobraba la deuda en ti.

YENI.—*(En un grito.)* No.

MARÍA.—Es mejor que lo sepas... Estaba entre la espada y la pared: el ajuste de cuentas le apuntaba ya aquí *(Se toca la garganta.)* como un cuchillo... Vino a hacerme el amor: qué guasa, a buenas horas... Tendidos en la cama, quiso asfixiarme con la almohada. Debajo de ella tenía yo la pistola: me dio una idea. Le disparé de frente. La almohada sofocó el ruido: apenas si se oyó. Y no sangró casi. Nunca creí tener tan buena puntería... Sólo quedan dos balas. (YENI *se ha sentado. A sus espaldas* MARÍA *coloca las manos en sus hombros.)* Lo hice también por ti. Era un mal hombre. No quiso a nadie. Ni a ti ni a mí... Tendremos que enterrarlo, pero ni ese trabajo se merece. Qué curioso: a los hombres cuesta más trabajo enterrarlos que matarlos. (YENI *se levanta y sube la escalera, mientras* MARÍA *coge una pala y un azadón y los deja cerca del cadáver. Tararea.)* «Esto no es ná, / esto no es ná. / Esto no tiene importancia / si no se la quieres dar.» *(Enciende un purito de los que ella fuma. Desciende la escalera* YENI *con su mochila y su maleta.)* ¿Qué significa eso?

YENI.—Me voy. Hace tiempo que me debí haber ido y tú me detuviste. *(Avanza hacia la puerta. Se vuelve.)* No te preocupes, No diré nada a nadie. No te denunciaré.

MARÍA.—Lo he matado en defensa propia.

YENI.—¿Quién iba a creer que pretendió violarte?

MARÍA.—Hay gente para todo... Y después intentó darme pasaporte. ¿Por qué no habrían de creerme?

YENI.—¿Cómo explicarás tanto esqueleto en un café cantante?

MARÍA.—Desagradecida, ¿para eso te he dicho la verdad?

YENI.—No pienso delatarte... Nunca debí venir. *(Mira hacia el patio.)* No te preocupes. Ya me voy. *(Sufre como un mareo. Se sienta donde puede.)*

MARÍA.—¿Qué te pasa?

YENI.—*(Trata de levantarse.)* Me voy.

MARÍA.—¿Para eso me he desnudado ante tus ojos? ¿Dónde vas a irte que más valgas, infeliz?

YENI.—*(Una pequeña pausa. Alza la cara.)* Es que estoy de verdad embarazada... Ya no tiene sentido. Tendré que quitarme esto de encima antes de que sea tarde.

MARÍA.—*(En una tensión gozosa.)* ¿Qué estás diciendo? ¿Qué me estás diciendo? *(Se inclina, la toca.)* Gloria bendita es. Dime que no me mientes. (YENI *niega con la cabeza.)* Dime que es cierto. (YENI *afirma con la cabeza.)* Qué disparate, qué te vas tú a quitar... Ahí está el heredero de tanta confusión, de tantas penas. El heredero del café cantante. Y de todo, de todo lo demás. (YENI *ha sacado un pitillo, temblorosa, va a encenderlo.* MARÍA *se lo arrebata y lo tira.)* Se acabaron las drogas. *(Apaga el purito que encendió.)* Ni tú ni yo. Aquí ya no se vive más que para esa prenda. (YENI *rompe a llorar.* MARÍA *se agacha ante ella, la acaricia.)* Y los llantos también se terminaron. *(Le limpia con las manos las mejillas.)* Estoy yo aquí contigo. Frente a Dios si hace falta. Todavía nos queda este local... Es céntrico, es muy grande: te lo dijo tu abuela. *(Ríe.)* Son tres plantas... ¿Qué harías tú con él? Vamos a ver, ¿qué harías?

YENI.—No lo sé, no lo sé. Déjame irme.

MARÍA.—De ninguna manera. Tendrías que pasar por encima de mi cadáver. Y ya hay bastantes cadáveres aquí. Contra ellos hay que luchar por esta vida. *(Le pone la mano en el vientre.)* Un portal de Belén: qué alegría, señor. *(Emplea un nuevo gancho de abordaje.)* ¿Tú no pondrías aquí una casa de citas? Sería lo más sencillo. Yo me sé de memoria dónde poner los cuartos, los pasillos, la sala de recibo y nuestro dormitorio... Bien amueblada, de lujo, con cornucopias, con cortinas de terciopelo adasmascado, con camas de baldaquino...

YENI.—*(Sonríe casi a la fuerza.)* Ahora la gente no echa mano de tales casas.

MARÍA.—Siempre hay un apretón. Los hombres bien situados buscan un polvo rápido, higiénico y suntuoso.

YENI.—Las mujeres decentes son una competencia demasié.

MARÍA.—Tienes razón. Y el niño —o peor aún, la niña— qué iba a pintar entre tanto puterío... Oye, ¿y una buena pensión? Un hostal no muy grande, cuidado, sólo para dormir, para no complicarnos con cocinas... Mujeres de alto estanding, ¿ves como estoy al día? Una pensión igual que una familia, de mucha confianza.

YENI.—Hoy en día la gente no aguanta a la familia. Y a las pensiones no van más que los inmigrantes.

MARÍA.—Esta sería muy cara, no iba a estar a su alcance.

YENI.—Como no pagan nunca, a ellos no les importa... Y luego, en cuanto nos descuidáramos, nos cortarían el gañote.

MARÍA.—Es que hay que ver cómo los tratan.

YENI.—*(Más animada.)* ¿Y un supermercado? La coyuntura no es mala para un negocio así.

MARÍA.—Huy, la coyuntura... Por lo que he visto, no me gustan. Me dan arcadas tantos revoltillos. Si fuera un centro comercial... Pero eso de vender bragas mezcladas con lechugas, y los sostenes con los detergentes, no lo puedo yo ver.

YENI.—Lo que sería más cómodo para ti...

MARÍA.—*(La interrumpe.)* No se trata de mí. De ahora en adelante vamos juntas.

YENI.—Lo que sería más cómodo es vender el local y que el comprador hiciera de su capa un sayo.

MARÍA.—Ya hablas igual que yo: de su capa un sayo... Lo que tú quieres es derribarme a mí; vender el edificio con muertos incluidos... Además, entérate de que esto goza de un decreto que lo ampara, o sea, que lo jode. Te parecerá una insensatez, pero tiene mucho valor histórico. Lo mismito que yo, ¿no te da risa?

YENI.—Pues no le des más vueltas: que se quede como café cantante.

MARÍA.—¿Y que vengan otra vez los señoritos a ver a los flamencos y a divertirse con ellos? Los flamencos, de eso estoy segura, siempre serán los mismos, aunque los señoritos sean ya otros... Tampoco las cosas serán tan diferentes... Ay, estoy empalmada con la idea.

YENI.—Hablas como yo. *(Animada.)* Y se podría alternar el flamenco con lo que a mí me gusta, con lo que yo sé hacer. Las cartas que me echaste lo decían: empezar, florecer, abrirse... Lo advertían. En el fondo, el flamenco habrá cambiado un poco, como todo.

MARÍA.—Un poco, para seguir igual. Porque en el fondo es precisamente donde menos cambia. El flamenco, salamanquesa, es una cosa muy grande *(Levanta la manos.)*, como una bandada de palomas blancas y de palomas negras dándote aletazos en la cara. *(Se detiene en el gesto. Brevísima pausa.)* No vayas a decirme más mentiras a partir de este instante. (YENI *niega con la cábeza.)* ¿Por estas? *(Se besa el índice y el pulgar en cruz.)*

YENI.—*(Sonríe.)* Por estas.

MARÍA.—Entonces aguarda aquí. *(Va al patio. Empuja los pies del cadáver. Aparece una llave de riego. Retira, con esfuerzo, un ladrillo. Saca una lata no muy grande. Vuelve con ella.)* Aquí están las alhajas que codiciabais todos. Aquí está mi tesoro. *(Se lo pone a* YENI *en las rodillas.)* Para la niña. Por cierto, ¿de quién es?

YENI.—De nadie. *(Una pequeña pausa.)* Tuya y mía.

MARÍA.—Arza salero... Venga, a trabajar, que el tiempo ya es de oro también. Y si quiero ser útil tengo que darme prisa... Tú no hagas mucho esfuerzo. Friega la cafetera mientras yo entierro todo lo que nos sobra. *(Va hacia el patio. Se vuelve.)* Por cierto, yo quiero que me entierres —cuando me muera, no antes, alacrana— con mantilla blanca y descalza... Ah, y que no me toquen esa música tuya, no vaya a despertarme: yo cuando coja el sueño... *(Entra en el patio, toma la pala y el azadón...* YENI *está extasiada moviendo a la luz las esmeraldas, los brillantes, el oro. Cierra la lata. Coge la maleta y va hacia la salida. Desaparece mientras* MARÍA *canturrea. Vuelve* MARÍA. *Ve la escena sola. Tiene un segundo de duda. Vuelve a canturrear.)* «Qué bonita era, / cuánto la quería. / Lástima que fuera / como yo sabía.» *(Da una voz.)* Yeni, Yeni.

YENI.—*(Desde dentro.)* Espera. *(Regresa vestida como entró en el primer cuadro con la guitarra en la mano. Sube al tablao. Canta a su manera.)* «Si quieres venir tú, vente, / y si no di que me vaya. / No me tengas a la puerta / como un cántaro de agua.»

MARÍA.—Adududú, adududú. *(Ríe.)* Tú cantarás. Yo atenderé las mesas. Procura no quitarles las ganas de beber... Alguien se acordará todavía de *La Talismana.* Vendrán los periodistas y la televisión. Se abrirán de par en par las puertas. Siempre he traído suerte. *(Sube al tablao. Besa por primera vez a* YENI.) Bien está lo que bien acaba. *(Compone la figura en posturas y en desplantes flamencos.* YENI *le lleva el compás como puede.)* Vamos, deprisa, a trabajar... A poner esto en pie. Ayúdame a tu modo. (YENI *va hacia el patio.)* Deja eso. Ya lo haré yo. Primero es el café. Lo primero de todo es el café cantante. Y la esperanza nueva.

YENI.—¿Qué esperanza?

MARÍA.—La que tú llevas dentro. Si es niña, que es lo que tiene que ser, se llamará *La Talismana.*

YENI.—*(Ríe.)* De ningún modo. Con una tenemos bastante. Se llamará Teodosia.

MARÍA.—*(Ríe.)* Sí, por aquí se va a París. Y tendrá cositas tuyas y mías. Lo mejor de las dos.

YENI.—¿Qué tienes tú de bueno?

MARÍA.—Haberte sostenido y empujado hasta traerte aquí.

YENI.—Yo quiero que sea niña: María Eugenia...

MARÍA.—María Eugenia, *La Talismana,* tienes muchísima razón. Los hombres pasan, las mujeres quedan. *(Canturrea.)* «Mi vida es cosa mía, / tu vida es tuya. / ¿Por qué no las juntamos / y hacemos una?» *(Tira de* YENI *hacia el tablao.)* Como tres reinas encima del tablao. Lo mismo que tres reinas. Esto nunca se acaba. Viva el café cantante.